너의 봄은 맛있니

너의 봄은 맛있니

초판 1쇄 인쇄일 2016년 11월 2일
초판 1쇄 발행일 2016년 11월 15일

지은이 김연희
펴낸이 정은영
책임편집 김정은

펴낸곳 (주)자음과모음
출판등록 2001년 11월 28일 제2001-000259호
주소 04083 서울시 마포구 성지길 54
전화 편집부 (02)324-2347, 경영지원부 (02)325-6047
팩스 편집부 (02)324-2348, 경영지원부 (02)2648-1311
이메일 munhak@jamobook.com

ISBN 978-89-544-3683-0 (03810)

이 도서의 국립중앙도서관 출판시도서목록(CIP)은 서지정보유통지원시스템 홈페이지
(http://seoji.nl.go.kr)와 국가자료공동목록시스템(http://www.nl.go.kr/kolisnet)에서
이용하실 수 있습니다.(CIP제어번호: CIP2016025639)

이 책은 한국출판문화산업진흥원 2016년 우수출판콘텐츠 제작 지원 사업 선정작입니다.

너의

봄은

맛있니

김연희 소설

자음과모음

차례

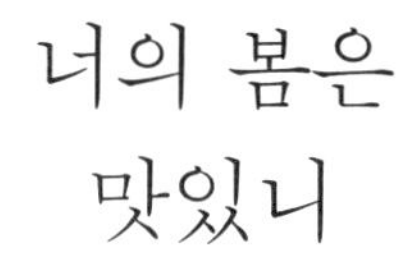
너의 봄은
맛있니

나는 다른 사람이 곁에 있으면 잠을 못 잤다. 그러나 사랑하는 사람과 함께라면 잠들 수 있을 줄 알았다. 친구인 여경은 어리석은 생각이라고 말했지만, 나는 종종 남자친구 도현과 함께 침대에 누웠다. 그의 품은 자취방의 추위를 잊을 수 있을 만큼 따스하고, 어렸을 적 할머니 품에서 맡았던 눅진한 설탕 냄새가 났다. 달콤한 향기에 취해 있다 보면 잠든 도현이 해초처럼 늘어졌다. 그러면 나는 살그머니 몸을 빼내어 창가로 갔다. 창가에 서서 커튼을 젖히고 주홍빛 가로등을 바라보았다. 가로등은 골목의 어둠에 저항하듯 켜져 있고, 나는 동지의식 같은 것을 느꼈다.

보름 전, 도현이 내 방에서 자고 간 그 밤에도 나는 창가로 갔다. 그런데 눈이 내리고 있었다. 수없이 많은 작은 눈송이들이 낙하하는 중이었다. 나는 예상치 못한 순간에 선물을 받은 것처럼 가슴이 두근거렸다. 동시에 머릿속에서 익숙한 첼로의 선율이 연주되기 시작했다. 바흐의 무반주 첼로 협주곡. 나는 경쾌하게 이어지는 첼로의 선율을 배경으로 춤을 추듯 떨어지는 눈송이와 그걸 비추는 주홍빛 가로등을 바라보았다. 모두 다 처음이었다. 한밤중에 눈이 내리는 풍경을 보는 것도, 눈송이를 보며 클래식을 떠올리는 것도.

다음 날 아침, 세상은 깨끗했다. 가로등 아래의 쓰레기도 흰 눈에 가려 보이지 않았다. 가로등 아래는 쓰레기를 모아두는 장소였다. 그곳에는 항상 샌드백처럼 빵빵한 쓰레기 봉투와 각종 재활용품이 쌓여 있었다. 대학가여서 치킨, 피자 상자나 술병들이 많았다. 그 뒤로 빈 과일 상자들이 블록처럼 세워져 있었다. 근처에 규모가 큰 과일 가게가 있었다.

—귤이 겨울의 맛이라는 건 당연하지 않아?

어느 날 밤, 여경이 내 방으로 들어오며 물었다. 여경은 겨울에 귤을 입에 달고 살았다. 내 방에 올 때마다 귤을 사가지고 왔다. 여경은 나에게 귤 봉지를 건네고, 패딩 점퍼를 벗으며 다시 말했다. "집 앞 가로등 아래에 과일 상자가 있잖아. 거기 귤 상자에 겨울의 맛이라고 적혀 있더라고." 나는 귤을 까며 "그래?" 하고 심드렁하게 대꾸했다. 여경의 말처럼 겨울의 맛이 귤이라는 건 당연하게 느껴졌다. 나는 차고 달콤한 귤 조각을 여경의 입에 넣어주었다. 여경이 미소를 지으며 입을 오물거렸다. 그리고 말했다. "귤이 겨울의 맛인 건 겨울이 추운 것만큼 당연한 거 아니야?"

그래서 우리는 귤을 겨울의 맛으로 정했다. 내친김에 가을의 맛도 정해보기로 했다. 가을의 맛은 어려웠다. 제일 먼저 떠오른 건 사과지만 배를 외면할 수 없었다. 우리는 고민을 거듭하다가 가을의 맛을 사과와 배로 결정했다. 여름의 맛을 정할 차례에 여경은 일어나 침대에서 전기장판을 끌어 내렸다. 엉덩이가 차가워서 여름의 맛을 생각할 수 없다며 전원 버튼을 눌렀다.

나는 전기장판에 앉았다가 도로 맨바닥으로 옮겼다. 열기 때문에 얼굴이 뜨거워졌다. 전기장판 탓이 아니었다. 작년 여름 첫 엠티의 기억이 나를 달아오르게 했다. 그때 나는 고백을 받았다. 2박 3일 엠티의 마지막 날 밤이었다. 같은 학번 동기들과 나는 낮에 바다에서 실컷 놀고, 밤에 고기를 구워 먹었다. 마지막 날 밤이어서 친구들은 빼는 것 없이 술을 마셨다. 기분 좋은 술잔 릴레이 끝에 나는 취했고, 바람을 쐬러 나갔다. 숙소 앞 소나무 길이 근사했다. 바닷바람이 소나무를 자극해서 그윽한 향기를 끌어내고 있었다. 나는 깊이 심호흡을 하며 걸었다. 그런데 언제부터인지 도현이 내 곁에서 걷고 있었다. 내가 쳐다보자 같이 가고 싶은 곳이 있다며 손을 잡아끌었다.

그가 데려간 곳은 허름한 구멍가게였다. 작은 가게 안에 소량의 물건이 진열된 선반과 낡은 플라스틱 테이블과 의자 대여섯 개가 있었다. 도현은 파빙수를 주문했다. 발음이 이상해서 쳐다보자 그가 웃으며 눈을 찡긋했다. 뒤쪽 메뉴판에 라면, 떠꾹, 파빙수, 라고 적혀 있었다.

잠시 뒤 빨간색 반바지를 입은 수염이 덥수룩한 남자가 테이블에 커다란 냉면 그릇을 덜렁 내려놓았다. 냉면 그릇에 얼음 가루가 원뿔 모양으로 쌓여 있고, 그 위에 색색의 시럽이 뿌려져 있었다. 히피들이 입는 현란한 치마처럼 시럽이 얼음을 빈틈없이 메우고 있었다. 과일, 젤리, 떡은 없고, 화려하게 번들거리는 원뿔 옆에 숟가락 두 개가 푹 꽂혀 있었다. 나는 얼굴을 찌푸리지 않으려고 애썼다. 도현은 눈을 빛내며 해변에 가서 먹자고 했다. 우리는 파빙수를 들고 파도가 길게 밀려오는 곳까지 걸어갔다. 넓게 펼쳐진 하늘에 셀 수 없이 많은 큐빅 같은 별이 빛나고 있었다.

나는 마지못해 숟가락을 들었다. 얼음을 한 숟가락 뜨자 그 아래에 팥이 잔뜩 숨어 있었다. 얼음은 우유로 만들었는지 고소했다. 색소에서 풍기는 강렬한 과일 향과 부드러운 우유와 달콤한 팥이 어우러지자 독특한 맛이 났다. 붉은색 색소는 체리, 노란색은 참외, 파란색은 멜론, 보라색은 포도였다. 도현과 나는 경쟁하듯 숟가락질을 했다. 그러다 느닷없이 도현의 입술이 내 입술에 닿았다. 순간, 차가운 사이다 향이 콧속으로 파고들었다. 잠시 뒤 도현이 입술을 떼며 처음이라고 속삭였다.

내가 손부채질을 하자 여경이 전기장판의 플러그를 뽑았다. 여경은 여름의 맛을 수박으로 하자고 했다. 나는 고개를 끄덕였다. 이제 남은 건 봄의 맛이었다. 나에게 봄이란 시골 뒷산에서 폭포처럼 피어나는 노란 개나리와 비명을 지르듯 터지는 핑크빛 진달래와 밤새 목 놓아 우는 개구리였다. 아마 여경도 비슷할 터였다. 우리는 둘 다 부모의 사업 실패로 시골에 맡겨져 조부모의 손에서 자랐다. 동네에 또래는 우리밖에 없었다. 우리는 친자매와 다름없었다.

나는 여경의 할머니가 이른 봄에 산에서 캐 온 냉이로 끓여준 냉이 된장국을 좋아했다. 그래서 냉이 된장국을 봄의 맛으로 하자고 말했다. 냉이에 콩가루를 묻혀 끓인 구수한 냉이 된장국을 먹으면 봄이 왔음을 느낄 수 있었다. 하지만 여경이 고개를 저었다. 계절의 맛을 특정인이 만든 음식으로 정할 수 없다는 거였다. 나는 우리끼리 재미 삼아 하는 건데 무슨 상관이냐고 말했지만, 여경은 좀더 찾아보자고 했다. 봄에 나오는 과일은 많지 않았다. 딸기가 있지만, 요즘은 하우스 딸기를 사시사철 먹을 수 있었다. 냉이, 달래, 두릅, 쑥 같은 봄나물은 봄의 맛이라고 하기에는 어딘지 미흡했다.

*

산부인과 대기실의 공기는 선사시대부터 고여 있었던 것처럼 탁했다. 창문으로 밝고 환한 햇볕이 밀려들고 있었다. 나는 밖으로 나가고 싶었다. 며칠 전부터 날이 풀려서 공기 중에 봄기운이 가득했다. 그러나 내 옆의 여경은 한겨울처럼 싸늘한 얼굴로 허리를 꼿꼿이 세운 채 정면을 응시하고 있었다. 거기에는 둥글게 나온 배를 감싸며 행복한 미소를 짓는 임산부 사진이 붙어 있었다. 임산부는 온 우주에서 가장 행복해 보였다. 나는 그 대조에 숨이 막혀 심호흡을 했다.

진료실 문이 열리고 얼굴이 각지고 체격이 다부진 간호사가 밖으로 나왔다. 여경이 허리를 더 꼿꼿이 세웠다. 간호사가 여경의 이름을 불렀다. 여경이 벌떡 일어나 진료실로 향했다. 나는 왠지 바닥으로 꺼져버릴 것 같았다. 진료실 문이 닫히기 전, 여경이 고개를 반쯤 돌려 나를 보았다. 미소를 지으려는지 입꼬리가 파르르 떨렸다.

진료실 문이 닫히자마자 소파에 등을 기대고 목을 뒤로 젖혔다. 길바닥에 눌어붙은 껌처럼 무력한 기분이었다. 나는 하릴없이 천장에 촘촘히 박힌 전등을 노려보았다. 시간이 지나자 시야가 하얗게 바래고, 몸이 가스로 변해서 공기 중으로 날아갈 것 같았다. 눈이 시고 눈물이 나왔다. 손으로 눈을 문지르는데, 어디선가 개구리가 울었다. 개구리는 한동안 울다가 그치고 다시 울었다. 나는 멍하니 듣다가 급히 상체를 일으켰다. 며칠 전 봄맞이를 한답시고 휴대폰 벨 소리를 바꾼 게 떠올랐다.

대기실에는 나 말고 두 사람이 더 있었다. 원색 꽃무늬 원피스를 입은 중년 여자와 자주색 야구모자를 눌러쓴 남자. 그들이 나를 쳐다보고 있을 것만 같았다. 개구리는 그칠 줄 모르고 울고, 나는 시야가 흐린 탓에 가방을 뒤집어 흔들었다. 카뮈의 『이방인』, 파우치, 립스틱, 열쇠, MP3, 지갑이 바닥으로 쏟아졌다. 휴대폰은 없었다. 나는 바닥에 쪼그리고 앉아 물건들을 주워 담으며 다른 손으로 더플코트 주머니를 더듬었다. 그사이 개구리 소리가 그쳤다. 문자메시지 한 통이 와 있었다.

—아직 자? 나리타에서 비행기 탄다. 이거 보면 바로 연락해. 사랑해.

도현이었다. 도현은 지난 보름 동안 일본 오사카에 있는 사촌집에 머물렀다. 나는 망설이다가 휴대폰을 도로 코트 주머니에 넣었다. 오후에 만나면 자고 있었다고 둘러댈 생각이었다.

카뮈의 『이방인』 표지에는 코트 깃을 세우고 짧은 담배를 입에 문 카뮈가 있었다. 나는 그걸 한동안 멍하니 들여다보았다. 담배를 피우고 싶어졌다. 하지만 여경을 이곳에 두고 담배를 사러 나갈 수 없었다. 나는 읽다 만 페이지를 펼쳤다. "그가 고집을 부리는 것은 잘못이고, 그 마지막 문제는 그다지 중요하지 않다고 나는 그에게 말할까 했다. 그러나 그는 나의 말을 가로막고……." 글자가 눈에 들어오지 않았다. 책을 덮고 다리를 끌어모았다. 무릎에 머리를 기대고 눈을 감자 산부인과 대기실에 있다는 사실이 나를 압박했다. 이제껏 나는 산부인과에 대해 진지하게 생각해본 적이 없었다. 그저 결혼하면 남편과 오는 곳 정도로 여기고 있었다.

하지만 앞으로 산부인과를 생각하면 답답한 공기와 여경의 살얼음 같았던 표정과 원색 원피스의 중년 여자와 자주색 야구모자를 쓴 남자가 떠오를 것 같았다. 작년에 교양과목으로 배운 '심리학의 이해' 교수는 뇌는 뭐든 '처음'의 기억에 많은 용량을 부여한다고 했다. 그래서 사람들에게 '처음'은 강렬하다는 것이었다. 그 강의를 들으며 나는 나의 처음을 꼽아보았다. 맨 먼저 떠오른 건 아버지가 나를 시골집에 맡긴 날이었다. 그때도 봄이었다. 나는 할아버지 집에 간다는 말에 제일 좋아하는 연분홍 드레스를 입었다. 어깨에서부터 무릎까지 레이스가 층층이 이어지고, 허리에 광택이 나는 보라색 리본을 매는 드레스였다. 아버지는 할아버지 집에 도착하자마자 할머니에게 나를 안기고 돌아섰다. 나는 아버지에게 닿으려고 말굽자석처럼 팔과 다리를 앞으로 쭉 뻗은 채 발버둥쳤었다.

생각이 짓궂게 흘러갔다. 도현은 해변에서 파뻥수를 먹으며 나와 입맞춤을 한 뒤 처음이라고 속삭였었다. 하지만 나의 첫 입맞춤 상대는 고등학교 시절 남자친구였다. 남자친구의 부모가 집을 비운 날이었다. 그날 남자친구와 나는 〈대부〉 시리즈를 한꺼번에 보기로 했었다. 〈대부〉 1편이 시작되고 얼마 지나지 않아 남자친구의 뜨거운 입술이 내 입술을 눌렀다. 화면에서 결혼식 장면이 나오고 있었다. 남자친구는 거침없이 내 몸 구석구석에 도장을 찍

듯 키스했다. 열기가 두 몸을 감쌌다. 잠시 뒤 옷을 입으면서 보니 혈흔이 없었다. 듣던 것처럼 아프지도 않았다.

그러고 보면 나의 첫 경험은 배반의 역사였다. 처음 담배를 피울 때에도 기침을 하지 않았다. 목을 타고 넘어간 담배 연기를 내뿜을 때 조금 쓰다는 느낌을 받았을 뿐이다. 주변에 있던 친구 중 한 명이 너 원래 골초지? 하고 물었을 때, 그저 웃었다. 나 자신도 이해할 수 없는 상황이어서 대꾸할 말이 궁했다. 처음 술을 마실 때에도 마찬가지였다. 이걸 도대체 무슨 맛으로 먹어? 너무 쓰다! 맛이 왜 이래? 따위의 말들은 하지 않았다. 시원하고 맛있는 데다가 몽롱해지는 게 좋아서 그런 질문은 떠오르지도 않았다.

나는 여경과 함께 처음 맥주를 마셨다. 우리는 대학에 합격하면 호프집에서 맥주를 마시기로 약속했었다. 나는 점수에 맞게 여러 대학에 원서를 넣어서 수월하게 합격했지만, 여경은 특정한 대학의 건축학과 단 한 곳에만 원서를 냈다. 자신이 원하는 대학의 건축학과가 아니면 다닐 의미가 없다고 했다. 예비합격 상태에서 등록 마지막 날 합격 통지가 왔다. 여경은 세상의 모든 가족이 행복하게 살 수 있는 집을 짓고 싶다고 말했다. 그러더니 맥주 한 잔을 다 마시지도 못하고 테이블에 엎드려 잠이 들었다. 나는 남은 맥주를 모조리 마시고, 여경을 고모네 집까지 데려다주었다. 그리고 자취방으로 돌아와 비틀스의 〈러버 소울〉을 들으며 프루스트의 『잃어버린 시간을 찾아서』를 읽다가 잠이 들었다.

*

자판기 커피를 석 잔이나 마셨는데도 하품이 나왔다. 여경이 진료실에 들어간 지 40분이 지나고 있었다. 원피스 여자는 졸고, 야구모자 남자는 휴대폰을 들여다보고 있었다. 졸음이 쏟아졌다. 커피를 더 마시면 속이 쓰릴 것 같아서 물을 마시고 스트레칭을 했다. 앉았다가 일어서고, 목과 허리를 돌리고, 팔을 휘둘렀다. 다시 소파에 앉으려는데 진료실 문이 열렸다. 아까 그 간호사가 접수대 뒤에서 ○○○ 보호자님, 하는 식으로 사람들을 불렀다. 중년 여자가 먼저 나갔다. 그리고 야구모자 남자. 그리고 나. 간호사는 환자에게 영양제 수액을 맞힐 거냐고 물었다. 가격은 3만 원, 5만 원, 7만 원이었다. 지갑에 6만 원이 있었다. 나는 5만 원짜리를 골랐다.

간호사는 수액 세 병을 들고 나에게 따라오라고 했다. 진료실을 지나쳐 안으로 들어가자 어둑한 복도가 이어졌다. 복도 양옆으로 안 쓰는 물건들이 먼지를 뒤집어쓰고 쌓여 있었다. 간호사는 아무런 푯말도 붙어 있지 않은 문을 노크도 없이 열었다. 방 안은 캄캄했다. 간호사가 불을 켰다. 그리 크지 않은 방 안에 스무 명가량의 여자들이 누워 있었다. 초록색 가운 아래로 새하얀 맨다리가 가지런히 늘어서 있었다. 간호사는 그중 세 여자의 팔에 링거를 꽂았다. 그러고는 가고 싶은 사람은 가도 좋다는 말을 남기고 나갔다.

문 앞에 누워 있던 여경이 나를 향해 손을 뻗었다. 나는 여경 옆에 앉아서 이마에 붙어 있는 머리카락을 떼주었다. 노란 영양제가 한 방울씩 떨어졌다. 누워 있던 여자들이 하나둘 옷을 입고 밖으로 나갔다. 잠시 뒤 야구모자 남자가 방으로 들어와서 어떤 여자 옆에 앉았다. 그 주변 여자들이 몸을 돌리고 팔로 얼굴을 가렸다. 그 모습을 보자 화가 치밀었다. 이 여자들의 남자친구들은 도대체 무얼 하고 있을까? 자고 있을까? 텔레비전을 보고 있을까? 밥을 먹고 있을까? 불현듯 도현과 관계를 맺을 때마다 피임하지 않은 게 떠올랐다. 이곳에 누워 있는 사람은 여경이 아니라 나일 수도 있었다.

우리는 제일 마지막으로 병원을 나섰다. 여경은 장 선배를 만나러 가겠다고 고집을 부렸다. 산부인과에 다녀왔다고 말하겠다는 거였다. 여경보다 두 학번 위인 장 선배는 고지식한 사람이었다. 임신했다고 말하면 결혼해야 하는 줄 알 타입이었다. 둘이 사귀고 얼마 되지 않아서 함께 브런치를 먹으러 갔을 때에도 여자들은 이런 걸 왜 좋아하는지 모르겠다며 투덜거렸다. 언젠가 한번은 장 선배가 나에게 전화를 걸었었다. 그는 심각한 목소리로 여경이 유학을 갈 것 같으니 포기하도록 설득해달라고 부탁했다. 나는 곧바로 여경에게 전화를 걸었다. 유학을 포기하라고 말할 생각은 없었다. 그저 무슨 상황인지 궁금했다. 여경은 확정된 건 없다고 잘라 말했다.

장 선배는 몸을 추스르고 만나도 늦지 않는다고 몇 번이나 말했지만, 여경은 고집을 꺾지 않았다. 내가 할 수 있는 일이라곤 장 선배를 만나고 나서 전화해달라고 부탁하는 것뿐이었다.

*

내 기분은 가라앉아 있지만, 거리의 분위기는 밝았다. 자취방이 있는 대학가는 활기가 넘쳤다. 햇빛은 펄을 섞은 것처럼 반짝거리고, 며칠 전 내린 눈이 녹아서 생긴 물웅덩이에 새파란 하늘이 비쳐서 초현실주의 그림 같았다. 나는 몸을 웅크린 채 자취방을 향해 부지런히 걸었다. 빨리 돌아가고 싶었다. 여기저기 몰려다니는 여자들을 보면 산부인과 병원의 그 방이 생각났다. 그런데 봄의 공기에는 마음의 어떤 스위치를 켜는 힘이 있는 것 같았다. 시간이 지날수록 마음이 풀어지고, 기분이 좋아졌다. 웃음이 나올 것도 같았다. 이러한 기분의 변화가 그리 달갑지 않았다.

집 앞 편의점에서 담배와 일회용 라이터를 샀다. 도현의 설득으로 한 달 전부터 담배를 끊었지만, 어쩔 수 없었다. 나는 집 앞 가로등 아래에 서서 담배 비닐을 벗기고, 일회용 라이터의 톱니를 돌렸다.

담배 연기로 호흡하며 과일 상자를 바라보았다. 과일 상자는 언제나 그랬듯이 쓰레기 봉투 뒤에 블록처럼 쌓여 있었다. 상자에 적힌 과일 이름을 살펴보며 다시금 봄의 맛을 궁리했다. 딸기 상자가 가장 많았지만 이미 봄의 맛에서 제외한 터였다. 곶감은 가을에 수확해서 말리는 것이니 봄의 맛이라고 할 수 없고, 사과는 가을에 거둬서 저장한 것이었다. 파인애플 상자에는 필리핀산이라고 빨간색 도장이 찍혀 있었다. 나는 담배를 한 대 더 피우며 파인애플 상자 아래에 깔린 귤 상자를 보았다. 겨울의 맛이라는 글자는 보이지 않았다.

담배 한 개비를 더 피우고서 자취방이 있는 집 대문으로 들어갔다. 2층으로 올라가는 철제 계단은 어둡고 좁았다. 나는 계단을 올라가다가 숨이 차고 어지러워서 난간을 붙잡고 쉬었다. 모처럼 담배를 피워서인지, 아침을 먹지 않아서인지, 밤을 새워서인지 알 수 없었다. 나는 헐떡거리며 계단 꼭대기까지 올라갔다. 뺨을 스치는 찬바람이 물기를 머금고 있었다. 잿빛 하늘에 생크림처럼 거대한 적란운이 피어오르고 있었다. 적란운 주위에 나이프로 문지른 것처럼 흰 구름이 뭉개져 있었다. 눈이 올지 비가 올지 알 수 없지만 무언가 쏟아질 기세였다.

나는 주인집을 지나 더 안쪽으로 들어갔다. 주인집에 딸린 바깥방이 나의 자취방이었다. 화장실은 주인집과 같이 사용했다. 나무문에 달린 걸쇠를 풀자 익숙한 냄새가 났다. 방 안으로 들어가서 가방을 내려놓고 곧장 침대에 누웠다. 한동안 눈을 감고 있다가 배가 고파서 눈을 떴다. 나는 누운 채로 방 안을 살펴보았다. 토마스 기차가 그려진 간이옷장, 낡은 나무 책상, 책상 위 도현과 나의 사진이 담긴 액자, 멜론색 의자, 로터리식 텔레비전, 노트북 컴퓨터, CD플레이어, 3단짜리 CD랙, 녹색 커튼, 침대 옆 사이드 테이블……. 사다놓은 적이 없으니 먹을 게 있을 리 없었다.

나는 몇 번이나 눈으로 방 안을 뒤졌다. 그러다 사이드 테이블에 있는 유리병을 발견했다. 모래시계 모양의 유리병에 마름모꼴 박하사탕이 가득 들어 있었다. 도현이 준 것이었다. 도현은 그것을 주며 "〈박하사탕〉이라는 영화를 봤는데 주인공이 첫사랑 여자에게 준 것이 박하사탕이야. 그 영화를 보고 여자친구가 생기면 박하사탕을 주어야겠다고 생각했어" 하고 말했었다. 얼떨결에 받았지만, 나는 그 영화를 보지 못했다. 그리고 단것을 별로 좋아하지 않았다. 커피도 또래들이 주로 마시는 캐러멜 마키아토나 바닐라 라테보다 아메리카노를 마셨다. 아마 그런 이유로 유리병을 까맣게 잊은 모양이었다.

병은 묵직했다. 나는 벽에 기대앉아 유리병의 코르크 마개를 열었다. 병 안에 고여 있던 달콤한 향기가 공기 중으로 느리게 퍼져나갔다. 목으로 침이 넘어갔다. 박하사탕 몇 개를 입에 넣고, 마개를 닫으려는데 작고 하얀 쪽지가 보였다. 쪽지는 마개 안쪽에 스카치테이프로 고정되어 있었다. 손톱으로 테이프를 뜯자 이불 위로 투명한 비닐이 떨어졌다. 비닐에는 머리카락 몇 가닥과 아주 작은 손톱이 들어 있었다. 쪽지는 지구 위 수억 명 중 한 명인 너를 사랑해, 어쩌고 하는 러브레터였다. 나는 추신을 보고 충격을 받았다.

—같이 넣은 것은 내 최초의 머리카락과 손톱, 발톱이야. 어머니가 모아주신 거야. 소중하게 간직해줘. 니가 죽어 땅에 묻힐 때 관에 넣고 싶어. 만약 내가 살아 있다면 직접 넣어줄게.

다 읽자마자 일어나서 두루마리 휴지를 손에 감았다. 휴지에 박하사탕과 입속의 단침을 뱉었다. 그걸 둘둘 말아 휴지통에 버리고, 쪽지와 비닐을 유리병 안에 도로 넣었다. 코르크 마개를 눌러 닫아도 단 냄새가 사라지지 않았다.

*

나는 유리병을 등지고 줄담배를 피웠다. 추신에 대해 생각하면 생각할수록 숨이 막혔다. 아직 제대로 살아보지도 못한 내 인생을 저당 잡힌 것만 같았다. 시간이 지나자 담배 연기로 방 안이 부옇게 흐려졌다. 머리가 빙빙 돌고 구역질이 났다. 개구리가 울었다. 여경이었다. 나는 어떻게 되었느냐고 물었다. 허스키하게 변한 내 목소리가 구둣솔처럼 갈라졌다.

여경은 한동안 아무 말도 하지 않았다. 나는 침묵을 들으며 담배를 빨아댔다. 기다리고 기다렸다. 담배 꽁초를 비벼 끄고, 새 담배를 꺼내는데 여경이 입을 열었다.

—내가 무섭대. 헤어지자고 해서 헤어졌어.

말을 마친 여경이 잠을 자야겠다며 전화를 끊었다. 다시 전화를 걸었지만, 휴대폰이 꺼져 있었다. 여경의 고모네 집으로 전화를 하려다가 그만두었다. 당장 여경에게 가보고 싶지만 도현과의 약속 시간이 다가오고 있었다.

여경은 지난밤 새벽 2시에 내 방문을 두드렸었다. 문을 열어주자 아무 말 없이 텔레비전 앞으로 가서 앉았다. 동이 틀 때까지 우리는 짱구머리 소년의 괴상한 행동과 아이로 변한 고등학생 탐정이 온갖 살인사건을 해결하는 걸 지켜보았다. 여경은 창밖이 밝아올 무렵 울음을 터뜨렸다. 나는 여경에게 장 선배와 상의하라고 말했지만, 고개를 저었다. 임신해서 결혼하고 싶지 않다고 말하며 통곡하듯 울었다. 여경은 준비되지 않은 상태에서 아기를 낳을 수 없다고 했다. 나는 여경을 이해할 수 있었다. 그런데 유학을 말릴 정도로 여경에게 집착하던 장 선배가 헤어지자고 하다니.

새 담배에 불을 붙였다. 그리고 창가로 가서 창문을 열었다. 눈발이 흩날리고 있었다. 하늘은 연한 잿빛 구름으로 뒤덮여 있었다. 스노우볼을 쥐고 흔든 것처럼 공기 중에 눈송이가 퍼져 있었다. 며칠 전 한밤중에 커튼 너머에서 펼쳐진 광경이 떠올랐다. 춤을 추듯 떨어지던 눈송이와 내 머릿속에 흐르던 바흐의 무반주 첼로 협주곡.

내가 아는 바흐의 무반주 첼로 협주곡은 카잘스가 연주한 것이었다. 나는 CD랙에서 CD를 꺼냈다. 케이스 뚜껑에 '최초의 클래식'이라고 적혀 있었다. 컴퓨터로 인쇄한 글씨를 스카치테이프로 고정해놓은 것이었다. 나는 그 옆의 CD도 꺼냈다. 강동석 〈사계〉 CD였다. 거기에는 '최초의 한국인 연주가!'라고 적혀 있었다. 라파엘 쿠벨릭이 바이에른 방송 교향악단과 함께 연주한 말러의 교향곡 1번 〈거인〉에는 '최초의 교향곡', 나카야마 미카의 싱글 〈Stars〉에는 '최초의 일본 여가수', 롤링 스톤스의 〈The Rolling Stones〉에는 '최초의 록', 너바나의 〈Nevermind〉에는 '최초의 얼터너티브 록', 브리트니 스피어스의 〈Baby, One more time!〉에는 '최초의 팝', 김광석의 공연 실황을 담은 CD에는 '최초의 한국 가수'라는 문구가 붙어 있었다.

전부 다 도현이 선물한 것들이었다. 그의 취향이 나쁘지 않아서 나는 선물 받은 CD를 자주 듣곤 했었다. 그러나 더는 듣고 싶지 않았다. CD랙에서 CD를 전부 꺼냈다. 그것을 박하사탕 유리병 옆에 내려놓았다. 도현과 함께 찍은 사진이 담긴 액자와 앨범도 끄집어냈다. 옷장에서 흰 남방, 흰 바지, 흰 스웨터도 꺼냈다. 흰색 속옷 세트도 박하사탕 옆으로 옮겼다. 도현은 흰색을 좋아했다. 흰색 모자를 쓰고 다니고, 흰 남방에 흰 바지를 자주 입었다. 하지만 나는 흰색 옷을 입으면 행동이 조심스러워져서 싫었다. 선물 받은 옷을 한 번도 입지 않았다.

침대에서 흰색 이불과 침대 커버도 걷어냈다. 그것들을 둘둘 감아 침대 아래에 처박았다. 도현은 나의 이불이 하얘서 내 방에서 자고 간다고 말할 정도로 흰색 이불을 마음에 들어 했다. 나는 이불 가게에서 가장 저렴한 걸 고른 거라고 차마 말하지 못했다. 도현은 내 방에서 자고 갈 때면 재빨리 옷을 벗어 던지고 하얀 이불로 몸을 둘둘 말았다. 그러고는 이러면 안 되는데, 하고 중얼거리며 전력을 다해 내 안으로 들어왔다. 절정이 지나고 나면 도현은 또다시 누드 김밥처럼 흰색 이불을 칭칭 둘렀다. 나는 그런 그를 볼 때마다 조금 외로웠었다.

가로등 아래로 가서 파인애플 상자를 주워 왔다. 필리핀산이라고 빨간색 도장이 찍혀 있는 파인애플 상자에 박하사탕 유리병과 그 밖의 것들을 담았다. 창문으로 싸늘한 바람이 불어 들어왔다. 몸이 오싹해서 창문을 닫았다. 어느새 눈이 잦아들고 있었다.

*

도현은 약속 시간에 정확히 맞춰 나의 자취방 앞으로 왔다. 나는 파인애플 상자를 들고 계단을 내려갔다. 도현은 아직 켜지지 않은 가로등 아래에 서 있었다. 아까 내린 눈 때문에 모든 게 축축하게 젖어 있었다. 바람이 맑고 시원했다. 어린 시절 시골에서 맡았던 봄 안개 냄새가 났다.

―눈이 다 녹았네. 아쉽다.

안부 인사가 오간 뒤 내가 말했다. 도현은 나에게 작은 상자를,

나는 도현에게 파인애플 상자를 건넨 다음이었다.

—첫눈도 아닌데 뭘. 어서 열어봐.

도현이 준 상자 안에는 도자기로 된 고양이 인형이 들어 있었다. 일식집에 가면 흔히 볼 수 있는 것이었다.

—행운을 부르는 고양이래. 마네키네코라고 불러. 마네키네코는 손을 들고 있는데, 오른손을 들고 있는 것은 돈을 부르는 것이고, 왼손을 들고 있는 것은 사람을 부르는 거래. 그 고양이는 왼손을 들고 있어. 너를 부른다고 생각하고 샀어. 너는 내가 마네키네코를 준 첫 여자야.

나는 고양이를 상자에 도로 넣어서 도현이 들고 있는 파인애플 상자에 올려놓았다. 도현의 얼굴이 굳어졌다. 내가 말했다.

—헤어져.

그의 얼굴이 붉게 달아올랐다. 그리고 내 귀에 이명처럼 뭔가 깨지는 소리가 들렸다. 눈을 드니 매끈하던 도현의 미간이 일그러져 있었다. 묘한 일치였다. 그러나 얼굴이 일그러진다고 소리가 날리 없었다. 나는 그 소리가 어딘가 멀리서 꽃망울이 터지는 소리일지도 모른다고 생각했다. 혹은 가지를 뚫고 잎이 올라오는 소리일지도. 혹은 땅에서 씨앗이 움트는 소리일지도 모른다고.

왜? 하고 묻는 도현의 목소리가 떨렸다. 나는 손가락으로 상자를 가리켰다.

—싫어.

도현은 어리둥절한 표정으로 내 손가락과 자신이 들고 있는 상자를 번갈아 보았다. 나는 그런 그를 남겨두고 돌아섰다. 계단을 올라가서 주인집으로 들어갔다. 다행히 화장실에 아무도 없었다. 얼굴에 찬물을 끼얹었다. 콧물이 계속 나왔다. 거울을 보니 눈과 코 주위가 빨갰다. 몇 번 더 세수한 다음 방으로 갔다. 불을 켜지 않은 채 방문에 기대앉았다. 어스름한 방 안이 텅 빈 것처럼 커 보였다. 무릎을 세우고 팔 사이에 머리를 묻었다. 문자가 왔음을 알리는 소리가 들렸다. 도현이었다.

—나는 첫사랑이 이뤄지지 않는다는 말을 믿지 않아.

나는 몸서리를 치며 문자를 지웠다. 그리고 여경에게 전화를 걸었다. 여경의 휴대폰은 여전히 꺼져 있었다. 나는 더플코트를 챙겨 입고 밖으로 나갔다. 공기 중의 봄 안개 냄새가 더 진해져 있었다. 도현은 아직도 가로등 아래에 서 있었다. 그사이 가로등에 주홍빛 불이 들어와서 연극 무대의 핀 조명을 받고 서 있는 배우처럼 보였다. 도현이 애처로운 눈길로 나를 보았다. 마음이 아프지만 돌아가고 싶지 않았다. 나는 그를 외면한 채 걸었다. 그가 내 이름을 불렀다. 내 이름이 거울 속 내 얼굴처럼 낯설었다. 큰길에 다다를 무렵, 도현의 목소리가 사라졌다.

한 걸음만 더 나가면 골목에서 완전히 벗어날 수 있었다. 거리의 수많은 사람 속으로 섞여들어가면 다시는 도현을 만나지 못할 것이었다. 그러나 궁금했다. 나는 침묵이 불러일으키는 호기심을 억누르지 못했다. 아니, 당당하게 보지 못할 이유가 없다고 생각했다. 몸을 돌렸다. 도현은 파인애플 상자를 뒤집어 흔들고 있었다. 쓰레기 봉투들 위로 CD가 번쩍이며 낙하하는 중이었다. 박하사탕이 들어 있는 유리병과 액자, 앨범, 흰옷은 이미 떨어진 것 같았다. 잠시 뒤 도현은 텅 빈 파인애플 상자를 쓰레기 더미 위로 휙 던지고 어두운 골목으로 걸어 들어갔다.

나도 몸을 돌려 버스정류장으로 갔다. 정류장 벤치에 앉아 오가는 버스를 바라보았다. 사람들이 끊임없이 타고 내렸다. 매캐한 배기가스가 콧속으로 파고들었다. 문득 궁금해졌다. 자취방이 있는 골목에서는 아직도 봄 안개 냄새가 날까. 도현이 뒤집어 들고 흔든 파인애플 상자에서 떨어진 박하사탕 유리병은 어떻게 되었을까. 멀쩡할까? 깨졌을까? 나는 유리병이 깨졌으면 좋겠다고 생각했다. 새하얀 박하사탕이 눈 녹은 길바닥에 흩어져 더럽혀지고 부서지기를 원했다. 갑자기 혀에서 독초가 움트는 것처럼 쓰고 떫은맛이 번졌다. 어쩌면 이게 봄의 맛인지도 몰랐다. 나는 그 쓰디쓴 맛을 기꺼이 삼키며 여경의 고모네 집으로 향하는 버스에 올랐다.

트란실바니아에서 온
사람

밤마다 (Q)는 커다란 개들과 산책한다. 그녀는 검은색 클로슈를 쓰고, 검은색 가죽 코트를 입고, 검은색 부츠를 신고 있다. 개들도 검은색이다. (Q)는 깡말라서 검은 매직으로 그은 몇 개의 선이 움직이는 것처럼 보인다. 그런데도 가느다란 한쪽 팔로 개들을 이끈다. 커다란 개들은 오랫동안 훈련받은 것처럼 복종한다. 행인이 지나가면 일렬로 늘어섰다가 다시 대열을 갖춘다. (Q)와 개들은 가로등을 피해 어둠 속으로 간다.

*

찬바람이 불자 여자는 모직 코트 깃을 여몄다. 가로등 아래를 지날 때 손목시계를 확인했다. 1시 20분. 자정 즈음 친정어머니가 전화를 했다. 아이가 잠들었으니 돌아가겠다는 거였다. 여자는 자는 아이를 혼자 두고 싶지 않았다. 그래서 시간도 늦었으니 자고 가는 게 어떠냐고 물었다. 그러자 친정어머니가 기다렸다는 듯 하소연을 쏟아냈다. 내가 이 나이에 무슨 고생이냐, 다른 사람들은 자식 덕에 외국여행도 간다던데, 남 보기 창피해서 못 살겠다 등등. 여자는 뒤이어 나올 이혼, 재혼 같은 말들이 듣기 싫어서 전화를 끊었다. 그리고 이내 후회했다. 앞으로 사흘은 더 친정어머니에게 신세를 져야 했다. 세무사 사무실의 세무 신고 기간과 아이의 유치원 방학이 겹쳤다. 내일 아침에 아이를 맡기러 가면 더 심한 잔소리를 들어야 할 터였다. 여자는 코트 깃을 세웠다. 찬바람을 피해 코트 깃으로 얼굴을 가린 채 종종걸음으로 걸으며 휴가에 대해 생각했다. 세무 신고 기간이 끝나면 주말을 껴서 3박 4일간 휴가였다. 여자는 눈썰매를 좋아하는 아이를 위해 눈썰매장이 있는 리조트를 예약해두었다.

집으로 가는 길모퉁이에 있는 은혜 세탁소에 아직도 불이 켜져 있었다. 여자는 모직 스커트와 아이 점퍼를 찾기 위해 안으로 들어갔다. 졸고 있던 세탁소 여자가 기지개를 켜며 입을 크게 벌리고 하품을 했다. 여자는 민망해서 고개를 돌렸다. 그런데 어느 틈에 다가온 건지 세탁소 여자가 얼굴을 들이밀며 말했다. 흡혈귀래. 여자는 뒤로 물러섰다. 세탁소 여자가 음흉한 표정을 지으며 한

걸음 더 다가왔다. 자기 아들이 자주 놀러 가는 집 여자 말이야, 흡혈귀래. 여자는 세탁소 여자가 허풍이 심한 것을 알고 있었다. 치킨집 주인이 낡은 빌라를 사면 부동산 부자라고 떠벌리고, 지구대 순경과 안면이 있는 것으로 무엇이든 해결할 수 있는 듯 굴었다. 그런데도 혼란스러웠다. 세탁소 여자가 여자의 표정을 살피더니 화제를 돌렸다. 자기 뭐 찾으러 왔어? 여자는 아이의 민트색 오리털 점퍼와 회색 모직 스커트를 설명했다.

세탁소 여자는 천장에 걸어둔 세탁물을 확인하며 분주히 움직였다. 여자는 돌아서서 문으로 다가갔다. 뭐가 뭔지 알 수 없지만 깊이 생각하고 싶지 않았다. 흡혈귀라니. 잘못 들은 듯도 했다. 잠시 뒤, 오토바이 한 대가 어두운 골목으로 빠르게 달아났다. 환상처럼 멀어지는 오토바이 불빛을 여자는 눈으로 좇았다. 과속하는 자동차나 오토바이를 볼 때면 유치원이 끝나고 집에 혼자 가는 아이가 떠올라 마음이 불안해지곤 했다. 여자의 집은 유치원 버스를 타기에는 가까운데, 건널목이 두 개나 있었다. 친정어머니가 하원이라도 시켜주면 좋으련만 말 한번 꺼내지 못했다. 친정어머니는 여자를 못마땅하게 여기고 있었다. 여자를 볼 때마다 너는 나와 다르게 살아야 하지 않겠느냐며 한 시간씩 잔소리를 해댔다. 아버지 없는 아이는 여자 하나면 되지 않겠느냐는 거였다.

여자는 생각을 돌리려고 유리에 비친 세탁소 여자를 바라보았다. 세탁소 여자는 민트색 오리털 점퍼를 찾아놓고, 회색 모직 스커트를 찾기 위해 세탁물을 살펴보고 있었다. 세탁물은 천장에 걸려 있어서 허리를 뒤로 젖히고 목을 길게 뺀어야 했다. 세탁소 여자의 늘어진 목이 우유처럼 희었다. 여자는 그 하얀 목을 홀린 듯 바라보았다. 만약 정말로 흡혈귀가 존재한다면 이 순간을 놓치지 않으리라. 소리 없이 다가가서 단번에 머리채를 휘어잡고 거침없이 송곳니를 박아 넣는다. 불로불사(不老不死)의 삶을 위하여.

잠시 뒤 세탁소 여자가 회색 모직 스커트를 찾아서 옷걸이에 걸며 말했다. 자기, 그 여자가 데리고 다니는 개가 여섯 마리인 것 알아? 여섯 마리라고. 숫자 6이 악마의 숫자라잖아. 악마의 숫자!

물론 여자는 알고 있었다. 세탁소 여자가 말하는 사람은 (Q)였다. 세탁소 여자의 말대로 여자의 아이는 (Q)의 집에 자주 놀러 갔다. 여섯 마리의 개 중에서 트란실바니아와 친했다. (Q)는 편의점에서 야간에 아르바이트를 하며 개를 키웠다. 아르바이트에 가기 전에 여섯 마리의 개들을 산책시키는 모양이었다. 여자는 (Q)와 만난 적도 있었다. 아이를 데리러 갔다가 대문가에 서서 대화를 나누었었다. 어두워서 얼굴을 자세히 보지 못했지만, 사려 깊고 유머러스했다. 그런데 흡혈귀라니!

여자는 서둘러 돈을 치렀다. 세탁소 여자는 거스름돈을 꺼내면서도 입을 쉬지 않았다. 자기, 미미 정육점 친정엄마 올라오신 거 알지? 미미 정육점 여자는 세탁소 여자보다 더 수다스러웠다. 동네에서 가장 시끄러운 여자였다. 여자는 미미 정육점 여자에게서 친정어머니가 온다는 말을 서너 번도 넘게 들었다. 그리고 얼마 전 출근하다가 정육점 앞에서 그들을 보았다. 4대로 이뤄진 한 가족이 정육점 앞에 서 있었다. 얼마 남지 않은 머리카락을 쪽 진 친정어머니, 미미 정육점 여자, 정육점 여자의 아들, 아기를 업은 며느리까지. 며칠 뒤 여자는 아이가 자라서 아이를 낳고, 그 아이가 자라서 또 아이를 낳는 꿈을 꾸었다. 세무사 사무실에서 농담 삼아 그 이야기를 했더니 강 언니가 질색했다. 강 언니는 시댁이라면 치를 떨었다. 시어머니가 며느리를 종 부리듯 하고, 수시로 돈까지 요구했다. 옆에 있던 송은 소개팅이나 시켜주고 그런 소리를 하라며 투덜거렸다. 송은 삼십대 중반에 들어섰는데, 결혼하고 싶어서 안달이었다.

세탁소 여자는 입술에 침을 발라가며 떠들어댔다. 이번에 미미 정육점 할머니가 증손자 돌잔치에 참석하려고 군산에서 올라온 거거든. 할머니는 버스를 오래 타서 속이 울렁거렸대. 그래서 소화도 시킬 겸 산책하러 나갔대. 뒷산 꼭대기에 있는 충혼탑까지 갔다가 내려올 생각이었대. 거기가 (Q)의 집 근처잖아. 노인네가 극성이지 늦은 시간에 거길 왜 가? 아무튼, 거기서 (Q)와 마주친 거야. 할머니가 개들을 보고 놀라서 비틀거리는데, (Q)가 도와줬대. 그런데 (Q)의 얼굴이 할머니가 아는 얼굴이었다는 거야. 할머니가 어렸을 때 본 얼굴이라나? 할머니는 놀라서 주저앉고, (Q)는 도망갔대.

세탁소 여자는 입을 쉬지 않았다. (Q)와 닮은 그 여자는 할머니가 예닐곱 살 즈음에 동네 외곽으로 이사를 왔대. 그 여자도 개를 여섯 마리 키우고, 낮에 집에 있고, 밤에 주로 돌아다녔대. 그런데 언제부터인가 마을에 그 여자가 개의 피를 마신다는 소문이 돌기 시작한 거야. 비슷한 시기에 여자아이 한 명이 실종되고. 마을 사람들은 여자의 짓이라고 생각해서 몽둥이를 들고 몰려갔대. 가보니 여자와 개들은 떠나고 없었대. 할머니 말로는 (Q)가 하나도 늙지 않았대. 흡혈귀는 안 늙는다면서. 불사(不死)라면서. 요새 정육점 여자가 앓는 소리야. 할머니가 매일 전화해서 아들이랑 손자를 잃고 싶지 않으면 다른 동네로 이사 가라고 야단이라나.

여자는 세탁소 여자의 이야기를 들으며 몇 년 전 미미 정육점 여자가 어머니 팔순잔치를 한다고 자랑하던 걸 떠올렸다. 그러니 할머니의 이야기는 어림잡아 70여 년 전의 일이었다. 게다가 할머니의 기억 속 그 여자도 주로 밤에 개들과 산책을 했다니, 얼굴이나 제대로 본 건지 의심스러웠다. 나이가 들수록 어렸을 적 기억이 선명해진다는 말은 들었지만 그래도 믿기지 않았다.

마침 세탁소에 전화가 와서 여자는 빠져나갈 수 있었다. 골목의 어둠이 깊어지고, 바람은 더 차가워졌다. 여자는 몇 편의 영화를 떠올렸다. 〈드라큘라〉 〈뱀파이어와의 인터뷰〉 〈언더월드〉 〈트와일라잇〉. 영화 속 흡혈귀는 낮에 자고 밤에 활동하며 마늘과 십자가를 싫어했다. 남자 흡혈귀는 부유하고 잘생기고 매력적이고,

여자 흡혈귀는 글래머러스하고 섹시하고 힘이 셌다. 그들은 창백하고 권태로우며 당당했다. 그런데 그게 뭐 어쨌단 말인가. 여자는 아파트 입구로 들어서며 피식 웃었다. 엘리베이터를 타고 12층까지 올라가는 동안 어지럽던 생각이 물러가고 잠이 쏟아졌다. 여자는 나른하게 하품하며 아파트 안으로 들어갔다. 잠든 아이의 이마에 입을 맞추고, 세탁소에서 찾아온 옷들을 옷장에 걸었다. 대충 씻고 난 다음 아이의 침대 옆에 이불을 깔고 누웠다.

다음 날 아침, 여자는 아이의 손을 잡고 친정으로 향했다. 연한 회색 구름이 하늘을 뒤덮고 있었다. 흐린 날이었다. 아이가 친정집 초인종을 눌렀다. 대답이 없었다. 여자가 다시 초인종을 누르며 휴대폰으로 전화를 걸었다. 친정어머니는 전화를 받지 않았다. 여자가 주먹으로 대문을 두드렸다. 엄마! 문 열어! 걸쇠가 채워진 대문이 흔들리며 쇳소리가 울려 퍼졌다. 여자는 다시 소리를 질렀다. 엄마! 어제 일은 미안해! 문 좀 열어봐! 아이가 여자의 손을 당겼다. 엄마, 출근해. 나는 트란실바니아랑 놀면 돼. 여자는 못 들은 척 대문을 두드렸다. 엄마! 나 늦었어! 문 좀 열어! 그때 옆집 2층 유리문이 열리고 얼굴이 퉁퉁 부은 남자가 고개를 내밀었다. 조용히 좀 하쇼. 아침부터.

아이가 (Q)의 집으로 가자며 여자의 손을 잡아끌었다. 여자는 마지못해 끌려갔다. 지난밤 세탁소에서 들은 이야기가 마음에 걸

렸지만 다른 방법이 없었다. 아이는 기분이 좋은지 트란실바니아, 트란실바니아, 하고 흥얼거렸다. 여자가 물었다. 그렇게 좋으니? 아이가 대답했다. 엄마, 나는 트란실바니아가 정말 좋아. 트란실바니아는 진짜로 똑똑해. 앉아! 일어서! 굴러! 는 기본이고, 내가 던진 공도 주워 와. 몸을 날려서 훌라후프도 통과해. 기분이 좋으면 내 다리 주변을 빙빙 돌아. 동화책을 읽어주면 눈을 깜빡거려.

아이는 몇 달 전 퇴근해서 집에 돌아온 여자에게 카파티안 셰퍼드 독이라는 종의 트란실바니아와 친구가 되었다고 말했다. 아이는 그 낯선 단어들을 힘들지 않게 뱉어냈고, 여자는 아이가 귀엽고 신기했다. 아이의 관심사는 자주 변했다. 처음에는 티라노사우루스, 아파토사우루스, 프테라노돈 같은 공룡에 관심이 있었다. 그 다음에는 에쿠스, 제네시스, 그랜저 같은 자동차였다. 여자는 아이가 좋아하는 것들을 수첩에 메모해두었다가 한가할 때 인터넷을 뒤지곤 했다. 카파티안 셰퍼드 독도 세무사 사무실에서 검색해보았었다.

카파티안 셰퍼드 독

원산지 : 루마니아 카파티안 지역

용도 : 양치기 개

외형상의 특징 : 체고 40~50센티미터, 몸무게 30~50킬로그램

성격 : 점잖고 양순하다. 도시 생활에 잘 적응한다.

개의 사진도 첨부되어 있었다. 진돗개처럼 입이 튀어나와 있고, 몸이 긴 털로 덮여 있었다. 진돗개보다 덩치가 크고 시베리안 허스키보다 순해 보였다. 그런데 왜 이름이 트란실바니아일까? 메리나 아지, 멍멍이 같은 이름이라면 궁금하지 않았을 것이다. 트란실바니아라는 이름에는 무언가 의미가 있을 것 같았다. 여자는 검색창에 트란실바니아라고 적었다. 알 듯하면서 모르는 단어라고 생각했는데, 생각보다 많은 웹 문서가 나타났다. 여자는 마우스를 스크롤하다가 '백과사전' 항목으로 들어갔다.

트란실바니아 : 유럽 동부의 역사적 지역으로 '숲 너머'라는 뜻을 가졌다. 북쪽과 동쪽은 카파티안 산맥, 남쪽은 트란실바니아 알프스 산맥, 서쪽은 비호르 산맥에 둘러싸인 지역이다. 헝가리의 일부였다가 오스만 제국 안의 자치 공국이 되었고, 다시 헝가리에 반환되었다가 나중에 루마니아에 편입되었다.

백과사전 항목 아래로 블로그가 이어졌다. 루마니아의 트란실바니아 지방을 여행한 사람들의 여행기가 대부분이었다. 여자는 그중에서 드라큘라가 태어난 곳, 이라는 문장을 두 번 클릭했다. 드라큘라는 영화에나 나오는 인물이라고 생각했는데 실제로 태어난 장소가 있다니 신기했다. 블로그 주인과 친구 세 명은 루마니아의 트란실바니아 지방을 여행하던 중 시기소아라라는 작은 마을에 들른다. 뾰족한 지붕의 파스텔 톤 집들과 둥근 지붕의 시계탑이 모여 있는 이국적인 마을이다. 블로그 주인과 친구들은 사진을 찍으며 마을 곳곳을 돌아다닌다. 그러다 식사 때를 놓치고 조금 늦게 용 모양의 청동 간판이 붙어 있는 레스토랑으로 들어간다. 사진으로 보아도 사르말레*와 파스트리머**는 먹음직스러워 보인다. 그들은 트란실바니아의 전통주인 빨링거를 마신다. 테이블에 촛불이 켜지고 저녁 손님이 들어설 때까지 이야기를 나눈다. 그리고 마침내 계산하기 위해 계산대로 간다. 금발의 뚱뚱한 주인 남자가 손님들에게 으레 하는 행동인 듯 왼쪽에 붙어 있는 금빛 패널을 가리키며 자랑스레 말한다. 이 레스토랑은 드라큘라, 즉 흡혈귀의 시조가 태어난 장소라고.

이윽고 작은 산 아래 자리 잡은 (Q)의 집이 보였다. (Q)의 집은 주택가와 도로를 사이에 두고 있었다. 붉은 벽돌로 지어진 평범한 2층 주택 한 채가 산 아래에 홀로 있었다. 여자는 (Q)의 집에 다가갈수록 마음이 무거워졌다. 작게 한숨을 내쉬며 손을 들어 아이의 머리카락을 흐트러뜨렸다. 아이가 여자를 올려다보며 말했다. 엄마, 나는 트란실바니아랑 노는 것이 좋지만 외할머니도 좋아. 여자는 아이의 속 깊은 말이 고맙고 다른 한편으로 안쓰러웠다. 그래

* 소금에 절인 양배추에 돼지고기 등 여러 가지 것들을 싸서 토마토 소스와 곁들여 먹는 것.
** 훈제한 염소고기.

서 밝은 목소리로 대답했다. 외할머니는 너를 좋아해. 엄마를 싫어하는 거야. 이건 너랑 상관없는 일이야. 알겠지? 그러자 아이가 대꾸했다. 아니야. 외할머니는 엄마를 좋아해. 아빠를 싫어하고. 아빠가 다른 여자랑 결혼해서 싫어해. 외할머니는 내가 아빠한테 가야 한대. 그리고 엄마는 하 사장 아저씨랑 결혼해야 한대. 그게 세상의 이치래. 나도 하 사장 아저씨가 싫지 않아. 그러니까 엄마, 결혼하고 싶으면 해. 나는 아빠네 집에서 사는 것도 괜찮아. 거기 할머니가 잘해주니까.

여자는 속이 울렁거릴 정도로 화가 치밀었다. 눈물이 나올 것 같아서 위를 보았다. 어느새 구름의 색이 더 진해져서 어두운 잿빛이었다. 구름 가장자리가 썩은 우유처럼 덩어리져 흩어지고 있었다. 바람에서 물기가 느껴졌다. 눈이 오려는 것일까. 여자는 아이를 멈춰 세우고 그 앞에 쪼그려 앉았다. 아이의 점퍼에 달린 모자를 씌워주고 턱 끈을 당겨 리본 매듭을 지었다. 그리고 아이를 품에 안았다. 걱정하지 마. 엄마는 너랑 살 거야. 영원히. 여자의 말을 듣고 아이가 정말? 하고 되물었다. 여자가 고개를 끄덕이자 아이가 명랑한 목소리로 말했다. 사실 나도 가고 싶지 않았어. 유치원을 옮기기도 싫고, 트란실바니아랑 헤어지기도 싫어! 엄마, 나는 트란실바니아가 정말 좋아!

몇 발짝 걷자 밀가루처럼 고운 눈발이 흩날리기 시작했다. 아이가 양팔을 활짝 벌리고 눈 온다! 하고 소리치며 빙빙 돌았다. 여자는 무거운 마음으로 눈송이를 바라보았다. 버스는 밀릴 테고, 택시는 잡히지 않을 게 뻔했다. 부지런히 걷는다고 해도 10시 반은 되어야 사무실에 도착할 수 있을 것 같았다. 아이는 폴짝폴짝 뛰어다니며 노래를 불렀다. 눈이 오네, 눈이 오네, 창밖에 붉은색 꽃이 피었네, 무슨 꽃일까, 무슨 꽃일까. 여자는 아이의 노래를 들으며 주머니 속 휴대폰을 만지작거렸다. 생각 같아서는 당장 하 사장에게 전화를 걸어 인연을 끊자고 말하고 싶었다. 지긋지긋했다. 하 사장은 여자가 대학 시절 잠시 아르바이트했던 편의점의 사장이었다. 편의점은 그냥 열어놓은 것이고, 본업은 집 장사였다. 하 사장은 저렴한 자재로 집을 지어서 비싸게 되파는 방법으로 돈을 벌었다. 여러 채의 빌딩과 아파트와 오피스텔을 소유하고 있었다. 그런 하 사장은 이상할 정도로 여자에게 집착했다. 하지만 친정어머니는 20년이라는 나이 차를 이유로 반대했었다. 그랬는데 두어 달 전 하 사장이 세무사 사무실로 찾아왔다. 아내가 암에 걸려 3년 전에 죽었다고 했다. 여자가 아무런 반응도 보이지 않자 하 사장은 친정어머니를 찾아갔다. 친정어머니를 어떻게 구슬렸는지 하 사장을 만나고부터 아이를 전남편에게 주고 재혼하라는 말을 입에 달고 살았다. 여자는 그러고 싶은 마음이 조금도 없었다. 세무사 사무실에서 일하는 동안 세금을 줄이기 위해 가짜 서류를 만들고, 소득을 적게 신고하고, 월세 계약서를 이중으로 작성하는 것들을 수없이 보아왔다. 여자는 그런 것들에 질렸다. 그저 아이와 조촐하게 살고 싶은 마음밖에 없었다.

여자는 세무사 사무실 번호를 눌렀다. 하 사장과 제대로 끝내려면 한 번은 만나야 할 것 같았다. 몇 번 전화벨이 울린 뒤, 송이 전화를 받았다. 언니, 기다려. 이어서 구두 소리와 문 여닫는 소리가 들려왔다. 아무래도 세무사가 출근한 모양이었다. 세무사는 사무실의 모든 일을 강 언니에게 맡겨두고 골프와 외국 여행으로 시간을 보냈다. 일흔이 넘은 나이인데도 젊은 여자를 바꿔가며 데려오고, 가끔 출근해서 이것저것 잔소리를 늘어놓았다. 통장을 확인하며 몇 시간씩 짜증을 내기도 했다. 수화기 너머에서 송이 물었다. 언니, 어디야? 여자가 되물었다. 세무사 출근했어? 송이 대답했다. 새파랗게 젊은 세컨드 년이랑 와 있어. 그새 또 바꿨어. 젊은 년이 호랑이를 잡았는지 얼룩덜룩 모피 코트를 걸치고 왔더라고. 세무 신고 기간이라 바빠 죽겠는데 드디어 노망이 났나 봐. 거래처가 줄어드니까 놀라서 달려온 건데, 세컨드를 달고 오는 게 말이 돼? 미친 새끼라니까. 여자가 말을 돌렸다. 강 언니는 뭐래? 송이 대답했다. 가만히 있었겠어? 바쁘니까 이삼 일 있다가 다시 오라고 했지. 그랬더니 세컨드가 나서서 여기가 니 사무실이냐, 주인이 나오겠다는데 니가 왜 시비냐, 난리도 아니야.

옆에 있던 아이가 눈을 들어 여자를 보았다. 여자는 떨어지는 눈송이를 손가락으로 가리켰다. 아이는 손바닥을 펴서 눈을 받았다. 몇 개의 눈송이가 아이의 온기로 물이 되었다. 송이 말했다. 다른 세무사 사무실들이 마트, 의사회, 학원 같은 데 선전물을 돌릴 때 강 언니가 세무사에게 말했잖아. 우리도 광고해야 한다고. 그때는 모르는 척하더니 입금이 확 주니까 달려온 거야. 하는 일도 없이 이름만 걸어놓고 매달 우리 월급의 다섯 배도 넘게 가져가면서. 언니, 내가 그저께 밤에는 꿈을 꾸었는데, 세무사 그놈이 나랑 강 언니랑 언니 머리에 빨대를 꽂고 쪽쪽 빨고 있더라니까. 우리 머리를 코코넛으로 생각하는 것 같더라고. 시간이 지날수록 세무사의 얼굴은 주름이 없어지면서 팽팽해지고 우리는 말린 대추처럼 쭈그러드는 거야. 놀라서 소리를 지르며 깼는데, 엄마가 오더니 시집은 안 가고 밤중에 사람 놀라게 한다고 구박을 하더라고. 어찌나 서럽던지. 그나저나 언니, 우리 다른 사무실 알아봐야 하는 것 아니야? 세컨드 년 꼴도 보기 싫어. 여자가 대답했다. 자세한 이야기는 들어가서 하자. 아이가 유치원 방학이라 아는 집에 맡기러 가는 중이야. 되도록 빨리 갈게.

전화를 끊은 여자가 얕게 신음을 뱉었다. 세컨드라는 단어가 기억의 한 부분을 열어젖혔다. 솟구치는 기억 앞에서 여자는 무력했다. 나는 세컨드를 할 사람이 아니에요. 전남편의 세컨드는 그렇게 말했었다. 여자는 마음의 정리를 마쳤지만, 세컨드의 뻔뻔함에 질렸다. 다시는 보고 싶지 않았다. 그런데 두어 달 전, 집 근처 커피전문점에 와 있다며 연락을 했다. 이번에도 세컨드는 본론부터 던졌다. 아파트 구하게 돈 좀 줘요. 위자료로 아파트 받았잖아요. 그

거 내 덕인 것 알죠? 아이를 데려가지 않는 조건이면 괜찮지 않겠어요? 여자는 세컨드가 사람처럼 보이지 않았다. 커피 전문점 창밖에는 지하철 공사가 한창이었다. 시뻘건 쇠파이프가 땅에 거꾸로 박혀 있었다. 세컨드 옆에 꼭 붙어 있던 전남편이 입을 열었다. 아이 문제로 어머니가 변호사를 불렀어. 변호사는 내가 원하지 않아도 승산이 있다고 했나 봐. 여자가 전남편을 노려보았다. 전남편은 여자의 시선을 피하며 말했다. 나는 어머니에게 아이가 필요없다고 했어. 아이를 데려오면 고아원에 버린다고도 했고. 그랬더니 어머니가 신용카드를 정지시켰어.

전남편은 직접 돈을 벌어본 적이 없었다. 외아들이고, 시아버지는 대기업 사주의 먼 친척이었다. 시댁은 대기업에 알루미늄 캔을 납품하는 공장을 운영했다. 여자는 알루미늄 캔이 시부모가 사는 평창동 저택과 화려한 가구들과 자신들이 사는 넓은 아파트와 모던한 가구들과 가사도우미 아주머니와 외제 자동차를 사게 해준 게 놀라웠다. 그래서 텔레비전, 컴퓨터, 화장품 등의 물건을 보면 브라운관, 컴퓨터 부품, 화장품 유리병 등을 만드는 공장의 사장들이 서로 친인척인지도 모른다는 생각을 했다. 전남편은 일리 있는 생각이라며 고개를 끄덕였다. 전남편은 언제나 여자의 의견에 귀를 기울여주었다. 임신 기간에는 더없이 다정했다. 한밤중에도 여자가 먹고 싶다고 하면 메밀국수나 크레이프나 타코를 사 왔다. 그러나 자신과 쏙 빼닮은 사내아이가 태어나고 시어머니의 관심이 쏠리자 냉담해졌다. 아이를 괴물 보듯 했다. 집에 들어오지 않는 날이 잦아졌다. 여자는 아이를 키우는 조건으로 이혼에 합의했다. 시어머니는 여자가 아이를 맡기로 했다는 말에 정신을 잃을 정도로 충격을 받았다. 시어머니는 아이를 무척 아꼈다. 여자는 위자료로 받은 아파트를 담보로 2억 원을 대출 받아서 전남편에게 보냈다.

눈 때문에 걷는 속도가 더뎠다. 여자는 마음이 급했지만, 아이와 함께 걷는 건 좋았다. 아이의 입에서 하얀 김이 피어올랐다. 여자는 아이의 목소리가 듣고 싶었다. 그래서 물었다. 누나는 왜 그렇게 개를 많이 키우니? 아이는 개를 분양하는 거래, 하고 대답했다. 누나가 그러는데 개는 파는 게 아니라 입양시키는 거래, 하고 말하기도 했다. 내친김에 여자는 개의 이름이 왜 트란실바니아니? 하고 물었다. 아이가 여자와 맞잡은 손을 크게 흔들며 대답했다. 아주 오래전에 누나는 죽을 만큼 아팠대. 그래서 배를 타고 지구를 반 바퀴나 돌았대. 먼 곳에 가면 고칠 수 있다고 누가 말해줬대. 거기서 누나는 정말로 병이 나았대. 그런데 돌아오고 싶지 않았대. 돌아오면 누나는 아이를 낳고, 낳고, 또 낳아야 했대. 종갓집 남자와 결혼하기로 되어 있었대. 엄마, 종갓집이 뭐야? 응, 그런 게 있어. 누나는 아이는 그렇게 낳는 게 아니래. 사랑하는 사람과 낳는 거래. 엄마, 엄마는 아빠를 사랑했어? 어? 어. 근데, 트란실바니아는 무슨 뜻이니? 아, 누나는 거기서 남자친구를 만났대. 남자친구를 만나고 세상이 완전히 달라졌대. 트란실바니아는 원래 남자친구의 개였대.

이미 알고 있는, 아니 알 것 같은 이야기. 주어진 운명을 피해 도망치는 여자. 여자는 낯선 곳을 헤맨다. 파스텔 톤 벽과 뾰족한 지붕과 돌로 된 미로 같은 길. 어디로 가야 할지, 무엇을 해야 할지 알 수 없다. 다만, 도망치고 싶을 뿐. 여자는 지쳐서 어두운 뒷골목 돌계단에 주저앉아 벽에 머리를 기댄다. 벽에서 전해져오는 서늘한 냉기를 느끼면서 눈을 감는다. 잠이 들었던 걸까. 부드러운 손길에 눈을 뜨니 파란 눈동자가 여자를 보고 있다. 금발이 눈부셔서 여자는 눈을 가늘게 뜬다. 부드럽고 커다란 손이 여자의 머리카락을 쓸어 넘기며 끌어당긴다. 순간 목 깊이 파고드는 날카로운 통증. 여자는 새로운 예감에 몸을 떤다.

엄마! 전화! 아이의 목소리에 놀란 여자가 주머니를 뒤졌다. 아이는 다시 단조풍의 노래를 흥얼거렸다. 눈이 오네, 눈이 오네, 창밖에 붉은색 꽃이 피었네, 무슨 꽃일까, 무슨 꽃일까. 문을 열고 나가볼까. 휴대폰에서 전남편의 목소리가 튀어나왔다. 돈 좀 빌려줘. 여자는 아이가 듣지 못하도록 통화음을 낮췄다. 전남편이 미친 사람처럼 떠들었다. 카드사에서 압류를 한대. 생활비가 없어서 카드로 현금 서비스를 받았거든. 어머니는 들은 척도 안 해. 전남편이 말을 멈췄다. 여자는 아이를 달라고 할까 봐 겁이 났다. 그래서 물었다. 얼마가 필요해? 전남편이 대답했다. 일단 천이면 해결될 거야. 여자는 30분 뒤에 보내주겠다고 대답했다. 전남편이 물었다. 더 빨리는 안 돼? 여자는 큰돈이니 시간을 조금만 달라고 했다. 전남편이 나지막하게 중얼거렸다. 알지, 알지, 그래도 빨리해봐, 서두르라고. 여자는 한숨을 내쉬었다. 그때 아이가 여자에게서 손을 빼냈다. 아이는 작은 강아지처럼 활기차게 뛰어서 금세 (Q)의 집 앞에 도착했다. 아이는 여자에게 손을 흔들었다. 엄마, 안녕! 이따 만나!

여자는 좀처럼 (Q)의 집 앞에서 떠날 수 없었다. 집에서 새어 나오는 개 짖는 소리와 아이의 웃음소리에 귀를 기울이며 서 있었다. 눈발이 성겨지고 있었다. 전남편에게서 독촉 문자가 왔다. 빨리 보내줘. 서둘러. 급해. 어서. 마지못해 여자가 걸음을 떼었다. 아이가 부르던 노래를 흥얼거리면서. 눈이 오네, 눈이 오네, 창밖에 붉은색 꽃이 피었네, 무슨 꽃일까, 무슨 꽃일까. 문을 열고 나가볼까. 엄마 이리 와, 엄마 이리 와, 하얀 눈 위에 강아지 발자국. 통장 잔액은 얼추 천만 원이 되었다. CMA 통장에 7백만 원, 비상금이 3백만 원 정도 있었다. 보름 뒤면 보너스를 받을 것이고, 다음 주 화요일이 월급날이었다. 전남편이 또다시 돈을 요구하면 어쩌나 걱정이 되지만 그건 나중에 생각하기로 했다.

은행 앞 건널목에서 신호를 기다리는데 친정어머니에게 전화가 왔다. 여자는 원망의 말은 접어둔 채 아이가 (Q)의 집에 있다고 말했다. 어머니는 트란실바니아를 보러 간 모양이구나, 하고 덤덤히 대꾸했다. 어조로 미루어 (Q)가 흡혈귀일지도 모른다는 소문을 듣지 못한 것 같았다. 여자는 조심스레 아이를 데려와서 함께 있어줄 수 있느냐고 물었다. 친정어머니는 흔쾌히 좋다고 대답했다. 한바탕 잔소리를 퍼부을 줄 알았는데 의외였다. 아까는 미안했다며 아이 걱정은 하지 말라는 말까지 했다. 여자는 그제야 마음이 놓였다.

은행에서 전남편에게 돈을 부쳐주고 나니 10시였다. 여자는 서둘러 세무사 사무실로 향했다. 사무실이 있는 오피스텔 입구에 두꺼운 종이가 깔려 있었다. 눈 때문에 지저분해진 종이 위에서 여자는 코트를 벗어 팔에 걸었다. 세무사 사무실은 22층이었다. 여자는 엘리베이터에 올랐다. 아마 세무사와 세컨드는 돌아갔을 터였다. 세무 신고 기간인데, 마냥 트집만 잡고 있지는 않을 것이었다. 하지만 아직 가지 않았더라도 거래처에 들러서 서류를 챙겨서 왔다고 하면 그만이었다. 그보다 여자는 강 언니와 송에게 미안했다. 평소에는 일이 있으면 편의를 봐주지만 바쁠 때는 서로 조심했다. 여자는 점심시간에 강 언니가 좋아하는 캐러멜 모카 프라푸치노와 송이 좋아하는 녹차 라테를 사야겠다고 생각했다. 어느새 엘리베이터가 멈췄다. 여자는 정다운 경제 연구소와 열린 여행사와 우리 어패럴 사무실을 지나쳤다. 걸으면서 오늘 정리해야 할

서류들을 떠올려보았다. 명신 다일 가게와 강산 타이어 가게와 생생 식품 도매상의 세금계산서, 매입 매출 집계표, 매입 전 선지급금 명세서 등등.

사무실 안은 음 소거가 된 것처럼 조용했다. 송은 컴퓨터 모니터를 보고 있고, 강 언니는 자리에 없었다. 여자는 가방을 의자에 내려놓고 코트를 걸었다. 송이 고개를 들었다. 여자는 세무사 문 쪽을 쳐다보며 아직 있어? 하고 소리 죽여 물었다. 송은 고개를 끄덕이며 손가락으로 문을 가리켰다. 여자는 송의 뒤를 따라 방금 지나쳐 온 우리 어패럴, 열린 여행사, 정다운 경제 연구소를 지났다. 엘리베이터 옆 비상계단으로 나가자 송이 여자에게 돌아섰다. 언니, 왜 이렇게 늦었어? 여자가 물었다. 왜? 송이 여자의 시선을 피하며 말했다. 세컨드가 언니 자르래. 여자가 뭐? 하고 되묻자, 송이 사정을 털어놓았다. 세컨드가 화장실 가려고 나왔다가 언니 자리를 보고 어디 갔느냐고 물었어. 나는 언니에게 들은 대로 대답했지. 그랬더니 집에서 아이나 키우라고 전해달라는 거야. 강 언니가 따졌더니 세무사가 그럼 니가 관두든가, 라고 하더라고. 여자는 놀라서 아무 말도 할 수 없었다. 송이 여자의 눈치를 살피며 말했다. 언니, 내가 세무사에게 잘못 알았던 거라고 말할게. 거래처에 들러서 서류 받아 오느라 늦은 거라고 말할게. 미안해. 이게 다 세컨드 그년 때문이야. 밖에 있다가 강 언니나 내가 전화하면 돌아와.

송이 가져다준 코트와 가방을 들고 여자는 비상계단을 내려갔다. 22층에서 1층까지 내려가는 동안 대강 마음이 정리되었다. 현관에 있던 지저분한 종이는 치워지고 없었다. 어느새 눈이 그치고 하늘이 개어 있었다. 숨을 마시자 몸속에 맑은 물이 고이는 느낌이었다. 상황이 좋지 않지만, 마냥 비관할 일도 아니었다. 이전에 여자에게 와달라고 제의한 세무사 사무실이 몇 군데 있었다. 두어 군데는 지금보다 좋은 조건을 제시했는데, 강 언니와 송 때문에 거절했었다. 아무튼, 여자는 오늘의 나머지 시간을 아이와 보낼 수 있게 되어서 기뻤다. 아이가 좋아하는 햄버거를 사주고 눈 덮인 공원을 산책하고 싶었다. 예약해둔 리조트도 떠올랐다. 리조트에 딸린 눈썰매장에서 즐거워할 아이를 생각하자 미소가 지어졌다.

그런데 친정어머니가 전화를 받지 않았다. (Q)의 집에서 아이를 데려오고도 남을 시간이었다. 여자는 불안했다. 휴대폰을 귀에 댄 채 택시를 잡으려고 차도로 내려갔다. 눈 때문에 빈 택시가 거의 없었다. 친정어머니는 한참 뒤에야 전화를 받았다. 왜? 퉁명스런 목소리를 흘려들으며 여자는 아이를 바꿔달라고 말했다. 친정어머니는 대답하지 않았다. 여자는 아직 데려오지 않은 거냐고 물었다. 그 역시 대답이 없었다. 휴대폰 액정을 보니 전화가 끊어진 것은 아니었다. 불현듯 여자의 머릿속에 엉뚱한 생각이 스치고 지나갔다. 아이가 (Q)에게 목이 물렸나. 그러면 나도 물어달라고 해야 하나. 우리 모자는 이렇게 흡혈귀가 되는 건가. 여자는 흡혈귀로 변해서 개의 피를 마시며 사는 것도 나쁘지 않을 것 같았다. 그렇게라도 오래오래 살아서 욕심 많은 자의 인생을 지켜보고 싶었다. 인생에는 반드시 벼랑 같은 끝이 있었다. 여자는 욕심 많은 자들의 끝을 구경하고 싶었다. 어쩌면 비웃고 싶은 건지도 몰랐다.

수화기 너머에서 친정어머니의 목소리가 흘러나왔다. 아이는 시댁에 데려다줬다. 너는 하 사장과 재혼해라. 친정어머니의 그 말이 도끼처럼 여자의 심장을 찍었다. 친정어머니는 전화를 끊었다. 여자는 덜덜 떨리는 손가락으로 전남편의 번호를 눌렀다. 전남편은 통화 중이었다. 종료 버튼을 누르고 다시 발신 버튼을 누르려는데 전화가 왔다. 하 사장이었다. 전화를 받자 하 사장이 특유의 저음으로 말했다. 당신 어머니에게 들었어. 여자는 끊어요, 하고 대꾸했다. 하 사장이 말했다. 나에게 시집와서 아이를 낳아. 그러면 되잖아. 여자는 종료 버튼을 눌렀다. 자동차가 지나가며 눈이 녹아서 생긴 시커먼 물을 튀기는데도 여자는 알아채지 못했다. 택시를 잡기 위해 허공에 손을 흔들며 전남편에게 전화를 걸었다. 마침내 연결이 되었다. 전남편이 말했다. 통장 번호 문자로 보내. 여자가 뭐? 하고 되물었다. 전남편은 2억천 만 원을 계좌 이체해주겠다고 말했다. 그러고는 아이를 키우기로 했다고 덧붙였다. 여자가 다시 뭐? 하고 되물었다. 어지러워서 똑바로 서 있기 힘들었다. 전남편이 말했다. 당신 어머니가 우리 어머니에게 돈도 많으면서 아이를 너에게 맡겼다고 화를 내셨대. 어머니가 불쾌하셨나 봐. 당신 어머니가 너는 더 부잣집으로 시집갈 거라고 큰소리를 치셨대.

비틀거리던 여자가 주저앉았다. 눈 녹은 시커먼 물이 코트 속으로 스며들었다. 여자는 차가운 늪으로 빠지는 느낌이었다. 여자의 주위로 사람들이 모여들었다. 휴대폰 너머에서 세컨드가 말했다. 아이는 우리가 키울 테니 걱정하지 마세요. 재혼해서 행복하게 사세요. 전화가 끊어졌다. 여자는 다시 전화를 걸었다. 전남편이 가라앉은 목소리로 말했다. 아이는 우리에게 맡기고, 너는 니 인생 살아. 여자가 속삭이듯 말했다. 아이를 돌려줘. 내 아이야. 전남편이 대답했다. 소송을 해야 할 거야. 여자가 말했다. 개새끼. 전남편이 전화를 끊었다. 여자는 시댁 주위에 둘러쳐진 높은 담을 떠올렸다. 알루미늄 캔을 팔아 지은 견고한 성. 웅성거리는 사람들 사이에서 누군가 큰 소리로 말했다. 여기 어떤 여자가 앉아 있어요. 얼굴이 창백해요. 아뇨, 쓰러진 건 아니에요. 그냥 앉아 있어요. 아파 보여요. 두 명의 아주머니가 사람들을 헤집고 여자에게 다가왔다. 아가씨, 무슨 일인지 모르지만, 정신 차려야지. 아주머니들이 여자를 양옆에서 잡고 위로 당겼다. 다리에 힘을 줘. 어서. 여자는 가까스로 다리를 벌리고 섰다. 코트에서 시커먼 물방울이 떨어졌다. 모여 있던 사람들이 흩어졌다. 휴대폰이 울렸다. 여자는 전화를 받지 않은 채 걸음을 옮겼다. (Q)의 집 쪽이었다. 거기서 목을 길게 내밀어 (Q)와 같이 되어야 했다. 그 방법밖에 없었다.

〔+김마리 and 도시〕

나는 항상 무언가를 검색했다. 인터넷이 되는 휴대폰 때문에 생긴 버릇이었다. 처음에는 특이한 것들을 찾아보았다. 고어텍스, 디스크 어레이, 유비쿼터스, 코넥스 등등. 그런 단어들의 뜻을 알게 되자 뿌듯했다. 그래서 어렴풋이 알지만 정확한 뜻을 모르는 것들로 검색의 범위를 넓혔다. 그중에서 기억에 남는 것은 교활, 낭패, 핫바지 같은 것들이었다. 그것들은 특이한 어원을 가지고 있었다. 나는 꽤 놀랐고, 남들이 모르는 걸 알고 있다는 사실이 기뻤다. 그리고 그 기쁨이 나를 사로잡았다. 나는 주변의 모든 것들을 검색하기 시작했다. 숟가락, 포크, 빵은 물론이고, 종합운동장이나 LED 같은 것들까지. 어쩌면 나는 이 도시의 모든 것들을 검색하고 있는지도 몰랐다.

*

검색을 자주 하다 보니 검색 연산자라는 것도 알게 되었다. 검색하고자 하는 단어를 적을 때 조건을 거는 기호들이었다. +, and, or, " " 등이 있었다. 그중에서 내가 주로 사용하는 연산자는 +와 and였다. 예를 들어 검색창에 〔+컬럼비아 and 사전〕이라고 입력하는 식이었다. 그냥 컬럼비아라고 적으면 컬럼비아라는 등산용품 브랜드의 광고와 제품들이 무수히 떠올랐다. 어떤 단어든 관련된 제품이 있으면 그 종류와 가격에 대한 정보가 제일 위에 나타났다. 하지만 나에게 필요한 건 그게 아니었다. 컬럼비아의 사전적 의미는 다음과 같았다. 남미 대륙에 있는 나라로 수도는 보고타, 화폐 단위는 페소, 언어는 에스파냐어. 나는 검색창에 〔+패러다임 and 사전〕이라고도 적었다. 패러다임은 어떤 시대 지식인들의 합의로 형성된 지식의 집합체라는 의미였다.

그렇다면 컬럼비아와 패러다임은 무슨 관계일까. 나는 자동차 앞 유리 너머로 학원 간판을 바라보며 생각했다. '컬럼비아 앤 패러다임 수학학원.' 두 단어의 의미를 알고 나서도 연결이 되지 않았다. 주변의 다른 학원 간판들은 굳이 검색하지 않아도 이름의 의미를 짐작할 수 있었다. 영어의 힘, 골든 수학학원, 더킹 국어학원, 수학 사관학교, 강한 어학원, 예스 수리 논술학원 등등. 이 근방에는 학원이 많았다. 거리 양쪽 건물에 학원 간판이 빼곡히 붙어 있었다. 그리고 학원 앞에는 자동차들이 수십 대 주차되어 있었다. 자동차 운전석마다 중년 여자들이 앉아 있었다. 학원에 간 아이를 기다리는 어머니들이었다. 그녀들은 대부분 햇빛을 피하려고 선글라스를 쓴 채 휴대폰에 귀를 대고 수다를 떨거나, 휴대폰으로 영화나 드라마를 보거나, 의자를 뒤로 젖히고 잠을 잤다.

나는 아르바이트 중이었다. 중학교 3학년 여학생인 kkk와 오드를 기다리고 있었다. kkk는 강고경, 오드는 김수영의 별명이었다. 강고경은 이름의 글자마다 'ㄱ'이 들어가서 kkk였다. 나쁘지 않은 작명이지만, 아무래도 KKK*라는 단체가 생각났다. 그래서 고경에게 그 단체를 아느냐고 물었었다. 고경은 깔보는 표정으로 폭력은 싫지만, 권리를 주장하는 건 당연하다고 대꾸했다. 오드는 오드아이의 줄임말이었다. 오드 아이는 양쪽 눈동자 색깔이 다른 것을 의미했다. 수영은 왼쪽 눈이 까맣고, 오른쪽 눈이 잿빛을 띠었다. 평소에는 티가 나지 않는데, 간혹 한 번씩 묘하게 빛났다.

kkk와 오드의 어머니는 여름방학 전에 나에게 파격적인 제안을 했다. 방학 동안 자동차로 아이들을 학원에 데려다주고, 중학교 필독 도서 독서기록장을 대신 적어주고, 기존에 하던 논술과 언어 과외를 계속하는 조건으로 아이 한 명당 250만 원씩 주겠다고 했다. 방학 동안 5백만 원을 벌 수 있는 일이었다. 두 아이 부모의 직

* Ku Klux Klan, 백인 우월주의 단체.

업은 의사, 판사, 홈쇼핑 쇼호스트, 학교 선생이었다. 5백만 원은 그들에게 그리 큰돈이 아닐 터였다.

게다가 나는 휴학을 한 상태였다. 만약 휴학을 하지 않았다면 돈이 되는 일이어도 힘들었을 것이다. 두 아이 어머니도 그걸 알고 있었다. 이왕 휴학했으니, 돈을 좀 벌라고 했다. 나는 솔깃했다. 사실 초조하던 차였다. 휴학이 돌파구가 되어줄 거로 생각했는데, 달라지는 게 아무것도 없었다. 나만 빼고 모든 사람이 무언가를 하고, 어딘가로 가고 있었다. 나는 갈피를 잡지 못하고 있었다. 보고 싶은 책과 연극과 영화는 많은데, 덤비기 싫었다. 가고 싶은 여행지를 잔뜩 뽑아놓고, 아무런 준비도 하지 않고 있었다.

친구들은 나에게 휴학한 이유를 묻곤 했다. 나는 내 속의 것들을 어떻게 설명해야 할지 몰라서 침묵했다. 그러면 친구들이 질문의 형식을 빌려서 자신들의 생각을 말해주었다. 같은 과 동기들은 취업 준비를 하려는 거냐고 물었다. 그 말을 듣고 나니 취업 준비를 해야 할 것 같았다. 가까운 친구들은 새로 희곡을 쓰려는 거냐고 물었다. 별로 유명하지 않은 잡지의 공모에 당선된 뒤 자주 듣는 말이었다. 내가 쓴 희곡이 무대에서 상연될 가능성은 적지만, 희곡을 쓰려 했기에 틀린 말은 아니었다. 또한, 두어 달 전에 헤어진 남자친구 P는 본격적으로 동방삭이 되려는 거냐고 물었다. 그의 말은 나를 짜증나게 만들었다. P는 뜬금없는 말을 잘했다. 나는 그의 외모가 마음에 들어서 사귀고 있었다. 강아지 같은 눈매와 동글동글한 코와 선이 짙은 입술.

P는 얼마 전부터 동방삭을 들먹였다. 동네에 있는 탄천(炭川) 주위를 산책하다가 게시판에서 동방삭에 대해 읽은 모양이었다. 그의 설명에 의하면 동방삭은 저승사자에게 잘 보여서 삼천갑자, 즉 18만 년을 넘게 산 사람이었다. 동방삭이 죽을 때가 되자 염라대왕이 저승사자들에게 그를 잡아오라는 명령을 내렸다. 하지만 그가 너무 오래 살아서 저승사자 중 그를 아는 사람이 없었다. 그런데 한 저승사자가 꾀를 내었다. 동방삭에게 호기심이 많다는 것을 알고 지상의 한 하천으로 내려가 숯을 빨았다(숯을 빤 하천, 그게 탄천의 유래였다). 호기심 많은 동방삭은 소문을 듣고 찾아와 내가 삼천갑자를 살았지만, 숯을 빠는 사람은 처음 본다고 말했다. 저승사자는 동방삭을 데리고 염라대왕에게 갔다.

P는 내가 무언가를 검색할 때마다 동방삭을 운운하며 놀렸다. 나의 호기심이 동방삭 못지않다는 거였다. P와 사귈 때에는 그 말이 마음에 들지 않았는데, 헤어지고 나니 종종 떠올랐다. 18만 년 넘게 살면서도 호기심을 가졌던 사람, 동방삭. 18만 년을 거꾸로 따지면 지구에 크로마뇽인이 나타나기도 전이었다. 동방삭은 그 오랜 시간 동안 호기심을 유지하며 살았다. 동방삭이 그 긴 시간 동안 호기심을 유지한 건 우연일까. 어쩌면 시간을 견디게 하는 건 호기심이 아닐까. 호기심을 빼면 우리의 삶에 무엇이 남을까.

다른 운전석의 중년 여자들처럼 나도 햇빛 가리개를 내리고, 에어컨을 세게 틀었다. 보조석에는 독서기록장에 적어야 하는 중학교 3학년 필독 도서 「수난이대」 「메밀꽃 필 무렵」 「상록수」가 흩어져 있었다. 대강 훑어볼 셈으로 도서관에서 빌려왔다. 뭐부터 볼까 망설이는데, 휴대폰에서 팡파르가 울렸다. 문자 알림음이었다. 친구 주영일 것이었다. 주영은 케냐에서 탄자니아를 거쳐 갈라파고스에 이르는 여행을 하던 중에 피부에 이상이 생겨서 지난주에 서둘러 귀국했다. 온몸에 주황색과 초록색으로 된 계란 프라이 모양의 반점이 번져 있었다. 전염병인 줄 알고 격리치료를 받다가 어제 일반 병실로 옮겨졌다.

또다시 팡파르가 울렸다. '약이 줄었어.' '토슈즈를 신고 싶어.' 주영은 실력 있는 발레리나였다. 대학에 다니면서 유명 발레단에 입단했다. 그런데 발레단 입단을 축하하는 가족 식사 자리에서 어머니의 꿈이 발레리나였다는 사실을 알게 되었다. 주영이 발레를 시작한 건 당연히 어머니의 영향이었다. 그날 이후로 주영은 자신이 어머니의 인생을 대신 산 것에 불과한 것 같다며 괴로워했다. 방황을 거듭하다가 한 달 전 발레단에 휴직계를 내고 새로운 자신을 찾으려고 아프리카행 비행기를 탔다.

나는 주영에게 기분이 좋아지는 문자를 보내고 싶었다. 토슈즈에 대해 정확히 알면 문자를 보낼 수 있을 것 같았다. 검색창에 〔+토슈즈 and 사전〕이라고 적었다. 토슈즈는 여성 발레 무용수가 신는 신발로 보통 분홍색 새틴으로 만드는데 발끝 부분은 아교로 굳히고 뒤축이 없었다. 나는 새틴이 무엇인지 몰랐다. 새틴은 견직물의 하나로 광택이 곱고 보드라워서 모자, 여성복, 핸드백 따위에 사용하는 천이었다. 아교도 궁금했다. 아교는 두 가지였다. 동물의 가죽이나 뼈를 원료로 짐승에서 얻은 것이 동물 아교, 어류에서 얻은 것이 부레풀이었다. 상온에서는 황갈색 고체이며, 물을 가하면 콜로이드가 되고, 가열하면 졸, 냉각하면 겔이 되었다.

주영에게 다시 문자가 왔다. '그랑 주떼를 하고 싶어.' 나는 검색창에 〔+그랑 주떼 and 사전〕이라고 적었다. 결과가 나오기를 기다리며 토슈즈, 새틴, 아교, 콜로이드, 졸, 겔, 그랑 주떼 같은 단어들을 되뇌어보았다. 문득, 그 단어들이 나와 주영에게 완전히 다른 의미일 거라는 생각이 들었다. 주영은 그 단어 하나하나에 추억이 실려 있을 터였다. 서로 공명하는 추억들의 세계. 의미를 아는 것만으로 닿을 수 없는 세계가 존재했다. 나는 휴대폰에서 눈을 떼고 고개를 들었다. 자동차 앞 유리 너머로 수십 개의 학원 간판들이 모자이크처럼 떠 있었다. 눈을 감아도 학원 간판들이 어른거렸다.

*

11시 5분에 자동차 뒷문이 열리고, kkk와 오드가 느릿느릿 올라탔다. 수학2 수업은 11시 10분에 시작했다. 사과나무 수학스쿨은 이곳에서 멀지 않았다. 나는 후진을 하려고 룸미러를 보았다. kkk와 오드는 각자 자기 쪽 창밖을 보고 있었다. 얼마 전까지 아이들은 자동차에서 수다를 떠느라 바빴었다. 며칠 전에 나눈 대화가 아직도 생생하게 기억났다.

—운전 잘하시네요.

—운전학원에서 아르바이트했어.

—그 정도 실력은 아닌 것 같은데.

—청소를 했어. 월급 대신 면허 땄고.

—구려. 역시 돈이야.

—어쩔 수 없지, 뭐.

—돈이 많아야 해. 돈 많은 부모가 짱이야. 돈 많고 부모가 없으면 더 좋고.

—미 투.

나는 대화 내용을 휴대폰 메모장에 적어두었다. 중학생이 등장하는 희곡을 구상하고 있던 터라 아이들의 대화를 귀 기울여 들었다. 희곡의 큰 줄기는 이미 정해져 있었다. 성폭행을 당한 여중생들이 정신과 병원 대기실에서 우연히 만나 대화를 나누다가 근처 중학교에서 가장 잘생기고 인기 많은 남학생을 죽이기로 모의하는 내용이었다. 나는 우리나라 청소년 성폭행 비율이 일본이나 미국에 비해 높다는 기사에서 영감을 받았다. 또래끼리 대화를 나누다가 증폭된 감정이 파괴적인 결론에 이르는 과정을 그려보고 싶었다.

이 연령대의 아이들은 감정이 불안정했다. 지난주 수요일 논술 시간에 나는 그것을 직접 확인했다. 논술 시간이 거의 끝나갈 무렵, 두 아이가 울음을 터뜨렸다. 나는 kkk의 글을 봐주고 있었고, 그날 분량의 공부를 끝낸 오드는 휴대폰을 만지작거리고 있었다. 그런데 오드가 갑자기 씨발! 하더니 책상에 엎드렸다. kkk는 오드의 휴대폰을 빼앗아 읽었다. kkk의 얼굴이 하얗게 변했다. 나는 무슨 일인지 알고 싶지 않았다. 시간이 되자마자 방을 나섰다. 이상하게 불안했다. 연극을 구상하느라 조사했던 청소년에 대한 기사들이 떠올랐다. 원조교제를 빌미로 남자를 유인해서 금품을 갈취한 일, 술에 취해 어머니를 성폭행하려다가 실패하고 칼로 찌른 일, 지적 장애 친구를 폭행하고 태워 죽인 일 등등.

나는 11시 8분에 사과나무 수학스쿨 앞에 자동차를 세웠다. kkk와 오드는 탈 때와 마찬가지로 천천히 내렸다. 사과나무 수학스쿨 앞에는 이미 많은 자동차들이 세워져 있었다. kkk와 오드는 학원을 향해 걸어가며 몇 번이나 뒤를 돌아보았다. 과외 시간에 울음을 터뜨린 뒤로 아이들은 내 눈치를 살피고 있었다. 나는 골치 아픈 일에 휘말리기 싫어서 모르는 척했다. 사과나무 수학스쿨은 수십 명의 아이를 부지런히 삼키고 있었다. 나는 아이들이 건물 안으로 사라진 뒤 지하주차장으로 향했다. 아이들이 수업을 듣는 동안 거기서 시간을 보낼 생각이었다.

지금부터 두 시간은 자유였다. 아이들의 일주일 스케줄 중 연달아 두 시간이 비는 건 딱 한 번뿐이었다. 지난주에는 아이들이 사과나무 수학스쿨에 들어가자마자 kkk 어머니에게 전화가 왔다. 어머니는 근처에 있다며 커피나 마시자고 했다. 커피 전문점에는 kkk 어머니를 비롯한 대여섯 명의 여자들이 두 개의 둥근 테이블을 붙이고 둘러앉아 있었다. 나는 kkk 어머니 옆 빈 의자에 앉았다. 여자들은 나의 등장을 미리 알고 있었는지 개의치 않고 대화를 나누었다. 새로 뜨는 학원과 유명한 학원 선생에 대한 이야기였다. 간간이 학교 선생에 대해서도 말했지만, 주요 관심사는 학원이었다. 학원 이야기 사이사이에 명품 핸드백이나 새로이 뜨는 휴양지나 피부 미용에 대한 정보들을 주고받았다.

나는 지루했다. 이런저런 생각을 하다가 사회 고발 프로그램을 상상했다. 어쩌다 보니 그런 걸 생각하고 있었다. 오프닝은 내가 데리고 다니는 두 아이의 스케줄 표로 시작했다. 지금 보시는 것은 A동에 사는 두 여중생의 여름방학 스케줄 표입니다. 오전 9시부터 저녁 7시까지 빈칸이 보이지 않을 정도로 꽉꽉 채워져 있습니다. 수학은 1, 2, 3, 4로 나뉘어 있고, 가정과 미술과 체육까지 포함되어 있습니다. 여기 두 학생의 경우 기타와 붓글씨를 배우는데, 바둑이나 양궁, 승마 같은 것을 배우는 학생도 있다고 합니다. 게다가 화요일과 금요일에는 점심시간이 없어서 간단히 에너지바와 음료수로 식사를 대신하고 있습니다.

그러나 언제부터인가 나는 여자들의 대화에 귀를 기울이고 있었다. 여자들 사이에 감도는 신경전이 흥미로웠다. 내가 파악한 게 맞는다면 이 모임은 kkk와 오드가 다니는 중학교의 전교 1등 어머니를 주축으로 이뤄진 것이었다. 전교 1등의 어머니는 어떤 제스처도 취하지 않았다(조금 겸손해 보이기까지 했다). 하지만 다른 여자들은 주눅이 들어 있었다. 나는 얼마 지나지 않아 여자들의 서열을 파악했다. 제일 마지막 서열, 즉 아이의 성적이 가장 낮은 여자는 다른 여자들의 말에 동조를 잘하고, 분위기를 화기애애하게 만들기 위해 최선을 다했다. 연극배우라면 칭찬을 해주고 싶을 정도로 역할에 대한 이해도가 높았다. 다른 여자들도 모두 나름의 역할을 하고 있었다. 성적은 언제든 변할 수 있다는 사실은 여자들에게 중요하지 않은 것 같았다.

여자들의 대화는 고등학교 입학으로 이어지며 열기를 더해갔다. 여자들은 고등학교에 들어가자마자 봉사 활동을 시켜야 한다는 데 동의했다. 봉사 활동에도 여러 가지 종류가 있었다. 대학 입학의 스펙이 될 수 있기에 노인정이나 보육원같이 흔한 장소보다 박물관이나 미술관에서 외국인을 안내하는 것이 좋다고 했다. 그런 일을 전문적으로 알선해주는 브로커 이름이 두어 명 언급되었다. 그 밖에 특별 활동도 중요했다. 아이를 하버드 대학에 보낸 어떤 부모가 화제에 올랐다. 그 아이는 인디밴드를 했는데 부모의 돈으로 작은 공연장을 빌려 공연을 열었다. 그 공연 실황을 방송국

PD인 지인이 영상으로 찍고, 공연으로 벌어들인 수익금은 보육원에 기부했다. 어떻게 영수증 처리를 하고, 그걸 원서에 활용했는지까지 자세한 이야기가 오갔다.

모두 다 어디에선가 들은 이야기 같은데, 실제로 맞닥뜨리니 당혹스러웠다. 나는 몸을 일으켜 화장실에 갔다. 머리가 퉁퉁 불은 스파게티면 같았다. 화장실의 칸막이에 들어가서 쪼그리고 앉자 어머니들의 대화가 귓가에 윙윙거렸다. 휴대폰을 꺼내서 만지작거리다가 인터넷을 열고 검색창에 내 이름을 적었다. 〔+김마리〕 금세 인터넷 창에 나의 동명이인들이 나타났다. 광고회사 직원, 전(前) 구의회 의원, 뚱뚱하고 사나운 고양이, 인기 웹툰 작가, 지난달에 우즈베키스탄으로 떠난 선교사, 충청남도에서 산부인과를 경영하는 의사 등등. 머리가 복잡할 때 활발히 살아가는 김마리들을 보면 기분이 나아졌다.

테이블로 돌아가자 모두 일어설 준비를 하고 있었다. kkk 어머니가 나에게 D동까지 태워다줄 수 있느냐고 물었다. 보톡스 데이여서 병원에 가야 하는데 자동차를 안 가지고 왔다는 거였다. 옆에 있던 두 여자가 보톡스 데이가 뭐냐고 물었다. kkk 어머니는 1년에 한 번 있는 날로, 보톡스 비용을 40퍼센트 할인해주고 콧대에 필러까지 놔주는 행사라고 설명했다. 그러자 두 여자가 같이 가겠다고 나섰다. 나는 조수석과 뒷자리에 여자 셋을 태우고 D동으로 향했다. kkk 어머니가 나를 운전기사로 불렀다는 걸 뒤늦게 깨달았지만, 어쩔 수 없었다. 이왕 이렇게 된 거 나는 아이들의 스케줄 표를 받았을 때부터 궁금했던 것을 물어보기로 했다.

—왜 수학이 네 과목이죠?

kkk 어머니가 웃으며 대답했다.

—수능에서 수학은 수1, 수2, 적분과 통계, 기하와 벡터, 이렇게 네 부분에서 각각 25퍼센트씩 출제돼요. 그래서 각각을 전문가 선생님들에게 따로 배우는 거예요.

그렇다면 도대체 학교는 왜 가는 거냐고 물으려다가 과외로 생활하는 처지가 떠올라 입을 다물었다. D동까지 가는 동안 여자들은 보톡스와 필러, 박피에 대해 대화를 나누었다. 그러다 아이들의 이성 문제가 화제에 올랐다. 세 여자 모두 남자친구는 대학에 가서 사귀어야 한다고 입을 모았다. kkk 어머니는 오드에게 남자친구가 있다고 말했다. 오드의 남자친구는 이태원에서 몇 개의 식당을 경영하는 집 아들인데, 성적도 별로고 잘생긴 것도 아니라고 했다. 나는 그런 걸 어떻게 아느냐고 물었다. kkk 어머니는 담임선생이 말해준다고 했다. 그러더니 고작 식당집 아들에게 시집을 보내려고 이렇게 돈을 쓰는 게 아니라고 말했다. 적어도 서울대, 연대, 고대를 보내서 아나운서를 만들고 준 재벌급에게 시집을 보낼 거라고 했다. 뒷자리의 두 여자가 고개를 끄덕였다.

*

병원에 여자들을 내려주고 학원으로 차를 몰았다. 학원 근처까지 갔을 때, 휴대폰이 울렸다. 자동차 뒷좌석에 타고 있던 두 여자 중 한 명이 핸드백을 놓고 내렸다고 했다. 나는 병원으로 돌아가 핸드백을 가져다주었다. 여자들은 보톡스 시술 중이었다.

병원 복도에 원목 프레임으로 된 인물 사진들이 나란히 걸려 있었다. 자세히 보니 보톡스를 맞기 전후의 사진들이었다. 중년 여자들이 많고, 간혹 할머니들도 끼어 있었다. 할머니들은 육칠십 세는 되어 보였다. 그렇다면 1940년이나 1950년경에 태어났을 것이다. 분단, 6 · 25, 쿠데타, 유신 정권, 88올림픽, IMF 등을 겪은 세대였다. 불현듯 고등학교 때 봉사 활동을 했던 집 앞 노인정에서 알게 된 할머니가 떠올랐다. 그 할머니는 허리가 90도로 휘어져서 땅만 보며 걸었다. 나는 그 할머니를 볼 때마다 왠지 죄책감을 느꼈었다. 엉뚱하지만 그 할머니의 등에 보톡스를 주사해서 허리를 펴주고 싶다는 생각이 들었다.

그런데 보톡스는 정말 효과가 있는 것일까? 사진 속 얼굴들은 주름이 없지만 젊어진 것처럼 보이지 않았다. 보톡스를 맞은 사람들은 젊음도 늙음도 아닌 애매한 상태였다. 나는 휴대폰을 꺼내서 보톡스를 검색했다. 〔+보톡스 and 사전〕 상한 통조림에서 주로 검출되는 박테리아가 만들어내는 독. 그 독은 보툴리눔이라고 불리는데, 그것을 정제해서 주사를 놓으면 신경전달물질이 억제되어서 근육 퇴화가 일어난다. 〔+퇴화 and 사전〕 생물의 진화에서 형태가 작아지거나 단순화하거나 활동력이 감퇴하는 등의 퇴행적 변화. 그렇다면 넓은 의미에서 주름도 퇴화의 일종이었다. 보톡스는 퇴화한 것을 한 번 더 퇴화시키는 것이었다.

사과나무 수학스쿨의 지하주차장은 어둡고 조용했다. 햇볕이 내리쬐는 외부와 다르게 자동차의 실내 온도가 빠르게 떨어졌다. 땀이 마르고 닭살이 생겼다. 나는 에어컨을 낮추고, 보조석에 널브러진 책 중 「수난이대」를 들었다. 대강 훑어보려고 했는데, 짧아서 금방 다 읽었다. 「수난이대」의 내용은 간단했다. 노역에 끌려가서 한쪽 팔을 잃은 아버지와 전쟁에서 한쪽 다리를 잃은 아들의 재회. 클라이맥스는 마지막 부분이었다. 팔을 잃은 아버지가 다리를 잃은 아들을 업고 시냇물을 건너는 장면. 책을 다 읽고 나자 kkk의 어머니와 kkk, 오드의 어머니와 오드, 주영의 어머니와 주영이 떠올랐다.

그녀들에 대해 생각하다가 졸았던 모양이다. 연속으로 울리는 팡파르 소리에 잠이 깼다. '데벨로페를 하고 싶어!' '발롱을 하고 싶어!' '아라베스크를 하고 싶어!' '블랙 라벨 오렌지 특대 780원, 해동 오징어 1990원, 닭복음탕 1.2kg 6980원.' 세 개는 주영에게서, 나머지 한 개는 동네 슈퍼에서 온 문자였다. 주영의 문자는 '그랑 주떼를 하고 싶어!'와 같은 맥락이었다. 인터넷을 열어 그랑 주떼를 다시 검색했다. 그랑 주떼는 발레의 한 동작으로 '던지다'라는 뜻이었다. 한쪽 다리를 던지듯 공중으로 날리며 다른 다리로 이어갔다. 데벨로페는 움직이는 다리를 천천히 공중으로 뻗어서 균형을 이루는 것이었다. 발롱은 도약하는 동안 공중에 머물러 있는 듯 보이는 기술이고, 아라베스크는 한쪽 다리로 서서 다른 다리는 바닥에서 수평으로 들어 올리고 손을 뻗은 자세였다.

그런데 아라베스크는 익숙한 말이었다. 화면을 내리자 아라베스크에 대한 여러 가지 설명이 이어졌다. 아라베스크는 악곡의 이름이자, 드뷔시가 작곡한 음악 이름이었다. 건축에서는 뒤얽힌 식물 모양과 추상적인 곡선을 이용한 모티프가 특징인 장식 양식이었다. 나는 동영상을 재생할 수 있는 사이트로 가서 드뷔시의 〈아라베스크〉를 찾았다. 지하주차장이어서 재생이 안 될 줄 알았는데 맑은 피아노 소리가 흘러나왔다. 음악을 들으며 아라베스크 무늬를 찾았다. 누군가의 블로그에 모로코 페스라는 도시의 페스 왕궁 사진이 있었다. 페스 왕궁 외부가 아라베스크 무늬로 장식되어 있었다. 금색, 녹색, 청색, 흰색 아라베스크 무늬가 청량하고 신비로웠다.

호화로운 아라베스크 무늬에 정신을 놓고 있다가 전화벨 소리에 놀랐다. 주영인 줄 알았는데 kkk였다. 아직 수업이 끝날 시간이 아니었다. kkk는 시무룩한 목소리로 오드와 함께 학원 앞에 나와 있다고 말했다. 나는 기다리라고 대답하고, 자동차 기어를 움직였다. 아이들이 기어코 나에게 이야기를 할 모양이었다. 벌써부터 가슴이 답답했다. 주차장 밖으로 나가자 햇살이 기다란 창처럼 자동차 앞 유리창을 뚫고 들어왔다. 학원 앞에 서 있는 kkk와 오드의 얼굴이 물에서 건져낸 시체처럼 창백했다.

나는 아이들을 자동차에 태우고 자주 가는 햄버거 가게로 향했다. 프랜차이즈가 아니고, 주차장 옆인 데다 2층이어서 손님이 거의 없는 가게였다. 아이들은 처음 와보는지 두리번거리며 나를 따라왔다. 계산대 앞에 앉아 있던 여자가 무심한 얼굴로 돈을 받고 햄버거를 만들었다. 나는 두툼한 햄버거 세 개와 감자튀김 세 개와 콜라 세 개를 아이들 앞에 내려놓았다. 아이들은 보기만 할 뿐 먹지 않았다. 햄버거에서 새어 나온 기름이 포장지를 물들였다. 나는 콜라를 마시며 창밖을 보았다.

창밖으로 보이는 주차장에 자동차들이 끝도 없이 서 있었다. 햇살을 받아 자동차들이 번쩍였다. 흰색이나 검은색 자동차가 많아서 거대한 체스판처럼 보였다. 나는 어느 영화의 한 장면처럼 주차장이 수직으로 솟구치는 상상을 했다. 그리고 가상의 벽에서 검은색을 눈으로 연결했다. 여기서 시간을 보낼 때 종종 하는 놀이였다. 때로는 어떤 모양이 되고, 아무것도 안 되기도 했다. 그런데 불교의 卍 자와 비슷한 나치스의 상징이 눈에 들어왔다. 하켄크로

이츠라고 하던가. 그때 오드가 입을 열었다.

— 임신 테스터 좀 사다주세요.

— 뭐?

— 두 개요.

오드의 양쪽 눈동자가 다른 색으로 빛났다. 순간 따귀를 때리고 싶다는 생각이 들었다. 하지만 아무 말도 하지 않고 임신 테스터를 사 왔다. 선이 두 개면 임신이라고 알려주자 아이들은 긴장한 표정으로 화장실에 갔다. 나는 쟁반을 멀찍이 치우고 고개를 돌렸다. 나치스 모양이 단번에 눈에 들어왔다. 그것을 보고 싶지 않아서 휴대폰을 꺼냈다. 인터넷을 열자 지하주차장에서 보았던 모로코 페스 왕궁의 아라베스크 무늬가 나타났다. 기하학적인 모양들이 만화경처럼 반복적으로 찍혀 있었다. 계속 보고 있으니 어지러웠다.

아이들은 환한 표정으로 화장실에서 나왔다. 지옥에서 천국으로 로켓을 타고 이동한 것처럼 빠른 변화였다. 아이들은 의자에 앉자마자 햄버거의 포장을 벗겨내고 입에 욱여넣었다. 콜라를 마시고 감자튀김을 집어 먹었다. 오드가 인상을 쓰며 맛이 구리다고 말했다. kkk가 고개를 끄덕였다. 그러면서 둘은 키득거렸다. 두 아이의 볼이 보톡스를 맞은 것처럼 불룩했다. 문득, 보톡스를 맞은 kkk 어머니의 얼굴이 궁금해졌다. 그러나 그것을 생각할 때가 아니었다. 나는 물었다.

— 누구니?

아이들이 씹는 것을 멈추고 나를 보았다. 오드가 양쪽 눈을 다른 색으로 빛내며 기다렸다는 듯 말했다. 같은 학원에 수지라는 애가 있어요. 몸매는 예쁜데, 얼굴은 그저 그래요. 턱이 튀어나와서 구려요. 그런데 걔가 갑자기 성적이 오르는 거예요. 수지가 영어 선생이랑 잤다는 소문이 돌았어요. 처음에는 그런가 보다 했는데, 다른 과목까지 오르는 거예요……. 반에서 10등 하던 애가 내신 2등급이 되었어요. 말이 돼요? 우리 반 친구 중 한 명이 영어 선생에게 문자를 보냈어요. 선생은 우리를 교외에 있는 정원이 넓은 집으로 데리고 갔어요. 그리고 음료수를 나눠주었어요. 그다음은 가물가물해요. 영어 선생님과 우리는 어린아이가 된 것처럼 미친 듯이 웃으며 끌어안고 뒹굴었어요. 그런데 친구 한 명이 임신을 했대요.

말을 마친 오드가 콜라를 마시며 나를 쳐다보았다. 옆에서 인상을 쓰고 있던 kkk가 입을 열었다. 선생님, 저년 말 믿는 거 아니죠? 영어 선생이 어쨌다고? 이 미친년아. 우리는 저년 남자친구한테 속았어요. 이태원에 있는 걔네 식당에서 파티를 했거든요. 근데 약을 탄 거예요, 미친 새끼가. 병신 같은 새끼예요. 친구들도 그지 같고. 야, 너 그 새끼랑 안 헤어지면 나랑 끝이야. 나는 오드를 보았다. 오드가 피식 웃으며 물었다. 야, 영어 선생이랑 잔 게 그렇게 좋았냐? kkk가 고개를 돌렸다. 나는 아이들의 이야기를 더는 듣고 싶지 않았다. 차에 가 있겠다고 하고 일어섰다. 오드가 눈을 치뜨며 물었다. 말할 거예요? 나는 대답하지 않았다. 5백만 원이 떠올라 말문이 막혔다.

햄버거 가게를 나서자 눈을 제대로 뜰 수 없었다. 강렬한 빛이 만들어내는 하얀 열기에 숨이 막혔다. 자동차로 달려들어가서 시동을 켜고 에어컨을 틀었다. 가슴이 두근거리고 속이 메스꺼웠다. 휴대폰에서 문자메시지를 알리는 팡파르가 울렸다. '답문 좀 보내!' 주영이었다. 나는 문자를 보냈다. '뭐 해?' 이내 답문이 왔다. '스트레칭하고 있어. 의사가 조금씩 움직여도 된대. 어서 발레를 하고 싶어.' 나는 그랑 주떼, 데벨로페, 발롱, 아라베스크를 하는 주영을 상상해보았다. 만약 주영이 그 동작을 내 앞에서 한나면, 드뷔시의 〈아라베스크〉를 틀어주고 싶었다. 그런데 아라베스크는 무슨 뜻이지? 나는 검색창에 〔+아라베스크 and 사전〕이라고 적었다. 아라베스크는 아라비아풍의, 라는 뜻이었다. 그러면 아라비아는? 나는 검색창에 〔+아라비아 and 사전〕이라고 적었다. 그리고 결과가 나오기를 기다렸다.

사과

어제 아침에 사과가 떨어졌다. 남편은 온종일 불안해하며 냉장고 과일 칸을 수시로 여닫고, 베란다의 빈 사과 상자를 발로 툭툭 찼다. 그리고 나와 눈이 마주칠 때마다 사과가 먹고 싶으냐고 물었다. 나는 배 속의 아기에게 시댁 과수원의 사과를 먹이고 싶어 하는 그를 이해했다. 시댁 사과는 맛있고, 품질도 좋았다. 하지만 정 먹고 싶으면 나가서 사 먹을 수도 있었다. 집 근처에 사과를 파는 슈퍼가 세 군데나 있고, 대로변으로 나가면 규모가 큰 과일 가게도 있었다. 과일 가게에는 흔히 풋사과라고 불리는 아오리와 빨갛게 잘 익은 홍로 그리고 시댁에선 아직 생산되지 않는 부사까지 있었다.

그런데도 남편은 새벽 5시에 나를 깨웠다. 그는 제대로 눈도 뜨지 못하는 나에게 아직 아니지? 하고 물었다. 아직 사과가 먹고 싶은 건 아니지? 라는 의미였다. 나는 사과라는 말을 듣자마자 침이 솟는 걸 느꼈지만, 그의 마음을 이해하기에 고개를 끄덕였다.

잠시 뒤 남편과 나는 자동차 안에 있었다. 자동차는 새벽의 도심을 빠르게 벗어났다. 간간이 보이는 옆 차선의 자동차들이 순식간에 뒤로 물러났다. 계기판의 바늘 끝이 시속 120킬로미터를 가리켰다. 이런 속도로 가면 시댁에 들러서 사과를 챙겨도 시간 안에 워크숍에 도착할 수 있을 것 같았다. 남편의 회사 워크숍은 오후 3시에 대전에서 열릴 예정이었다.

나는 빠른 속도가 부담스러워서 라디오를 켰다. 온화한 목소리의 여자 진행자가 뉴에이지풍의 음악을 소개했다. 나지막하고 부드러운 노랫소리와 차창 밖의 단조로운 풍경이 잘 어울렸다. 끊임없이 이어지는 산과 구불구불 흐르는 강과 넓게 펼쳐진 논. 도심에서 멀어지자 풍경이 한가로워졌다. 남편은 하품하는 나에게 피곤하면 자라고 말하며 라디오 볼륨을 줄였다.

시댁까지 가는 동안 나는 선잠을 자다가 톨게이트 부근에서 깼다. 임신을 하고서 잠이 늘었다. 서너 시간을 잤는데도 피곤해서 하품이 나왔다. 하지만 '사과'라는 플래카드를 보자 잠이 완전히 달아났다. 도로 옆으로 드문드문 사과 간이 판매점이 있었다. 판매점에는 빨갛게 잘 익은 사과가 쌓여 있었다. 기척을 느낀 남편이 언제 일어났어, 아직 괜찮아? 하고 물었다. 아직 사과가 먹고 싶은 건 아니지? 하는 의미였다. 나는 고개를 끄덕이며 가방에서 『사과 견문록』을 꺼냈다. 임신한 뒤로 사과만 먹자 동료 강 선생이 선물한 책이었다. 책 표지에는 나뭇잎으로 가슴과 성기를 가린 하와가 뱀의 유혹으로 나무에서 사과를 따는 장면이 그려져 있었다.

내가 사과에 홀린 건 보름 전이었다. 창문을 활짝 열자 따스하고 달콤한 바람이 밀려들고, 알 수 없는 꽃향기가 교실 안에 떠돌았다. 나는 그 향기가 좋아서 몸속 깊이 끌어당겼다. 그런데 머릿속에 빨갛고 반들거리는 사과가 둥실 떠올랐다. 계시처럼 떠오른 사과는 재앙이었다.

사과를 먹고 싶어서 미칠 것 같았다. 수업이고 뭐고 다 때려치우고 운동장을 가로질러 달려 나가고 싶었다. 결국 수업이 끝난 뒤, 콜택시를 불렀다. 이런 내가 이해되지 않지만 선택의 여지가 없었다. 나는 택시에서 내리자마자 돌진하듯 뛰었다. 시댁에서 보내준 사과 상자가 베란다에 있었다. 마침내 사과를 깨물었을 때, 눈물이 날 정도로 기뻤다. 나는 정신없이 사과를 베어 물었다. 먹을수록 더 먹고 싶고, 아무리 먹어도 배가 부르지 않았다. 앉은 자리에서 열다섯 개의 사과를 먹어치웠다.

그 뒤로 사과만 먹었다. 다른 것을 못 먹는 것은 아니지만, 사과만 먹고 싶었다. 가장 친한 동료인 강 선생은 산부인과에 가보라고 성화였다. 무언가 특정한 것이 이토록 강렬하게 먹고 싶은 느낌은 태어나서 처음이지만 며칠째 사과만 먹는다고 해서 임신일 것 같지는 않았다. 나는 사과를 향한 나의 폭발적인 식욕이 일시적인 어떤 것, 이를테면 얼굴에 갑자기 피어나는 여드름이나 피곤하면 입술에 번지는 포진 정도로 여겼다. 하지만 강 선생은 재촉을 멈추지 않았다.

학교에서 제일 가까운 산부인과는 평일 낮에도 붐볐다. 나는 풍선처럼 배가 나온 여자들 사이로 걸어 들어가서 접수를 했다. 내 앞으로 대기 인원이 여섯 명 더 있었다. 나는 의자에 앉아 사과를 먹었다. 사과를 절반쯤 먹었을 때, 내 옆의 여자가 일어났다. 여자는 키가 작고 만삭이었다. 여자가 나를 돌아보며 방긋 웃었다. 여자의 벌어진 입술 사이로 커다란 치아가 노출되었다. 어딘가 조화롭지 못하지만 해맑은 미소였다. 여자는 우리나라 사람이 아니었다.

나는 언젠가 그런 미소를 본 적이 있었다. 남편의 고향 선배 찬석 씨의 아내도 그렇게 느닷없이 미소를 지었었다. 나는 칠팔 년 전에 본 그 미소를 아직도 잊지 못하고 있었다. 찬석 씨의 성이 강인지 오인지는 헷갈리지만, 농협 강당에서 치러진 결혼식에서 본 그 미소는 생생하게 떠올릴 수 있었다.

당시에 그녀는 갓 스무 살이었다. 찬석 씨와 딱 스무 살 차이였다. 찬석 씨는 신붓감을 구하기 위해 베트남에 갔다가 그녀와 돌아왔다. 그녀는 결혼식 때 만삭이었다. 드레스로도 불룩 나온 배가 가려지지 않았다. 그녀는 식이 진행되는 내내 훌쩍거렸다. 결혼식

분위기는 침울했다. 그런데 주례를 다 듣고 하객에게 인사하기 위해 돌아선 신부가 돌연 웃었다. 눈 주위가 새빨간 채 밝게 웃었다. 크게 쌍꺼풀진 눈과 낮은 코와 선이 진한 입술, 그리고 커다란 치아가 만들어내는 해맑고 이국적인 미소.

산부인과 진료를 받는 내내 그녀의 미소가 어른거렸다. 그녀는 작년에 다섯째 아이를 낳았고, 다시 임신했다. 남편은 간혹 찬석 씨에게 아들 혹은 딸이 또 생겼다고 말해주곤 했다. 그런데 올해 초에 찬석 씨가 교통사고로 죽었다. 산부인과 의사는 내 몸속에서 새 생명이 자라고 있다고 알려주었다. 나는 아기의 심장박동을 들으며 여섯째 아이를 임신한 베트남 여인을 떠올렸다.

차창 밖으로 여섯번째 사과 간이 판매점이 지나갔다. 나는 톨게이트를 지나고 나서부터 사과 간이 판매점을 세고 있었다. 눈으로 먹을 수 있다고 믿는 사람처럼 오직 사과를 보는 데 집중했다. 하지만 내 옆에서 운전하는 남편은 대나무 위의 판다처럼 평화로워 보였다. 말을 하지 않았으니 그가 내 속에서 끓어오르는 갈망을 알 리 없었다. 그런데도 억울하고 섭섭했다. 시간이 지나자 화가 치밀었다.

결국, 나는 무릎 위에 펼쳐놓은 『사과 견문록』을 탁 소리 나게 덮으며 말했다. 사과가 먹고 싶어. 차 좀 세워. 내 목소리가 가파르게 자동차 안을 울렸다. 둥그렇게 벌어진 남편의 눈이 나에게로 향했다. 나는 시선을 피하지 않았다. 그는 뭐라고 말을 할 듯 입술을 달싹이다가 한숨을 내쉬더니 방향 지시등을 켰다. 자동차는 서서히 2차선으로 옮겨 갔다. 좀더 느린 컨베이어 벨트에 올라간 것처럼 1차선의 차들이 빠르게 달려 나갔다. 마침내 '사과'라고 적힌 플래카드가 바람에 나부끼는 게 보였다. 순식간에 혀 밑으로 침이 모여들었다.

남편은 간이 판매점 공터에 자동차를 세웠다. 그러고는 잠시만 기다려, 화장실에 들렀다가 사올게, 하고 말했다. 사과 판매점에는 빨갛게 반들거리는 사과가 피라미드 모양으로 쌓여 있었다. 나는 사과에서 눈을 뗄 수 없었다. 이대로 있다가는 미친 여자처럼 침을 질질 흘리며 판매점 안으로 뛰어들어가서 양손에 사과를 움켜쥐고 먹어치울 것만 같았다. 그러지 않기 위해 『사과 견문록』을 다시 펼쳤다. 왜 사과여야 할까, 라는 챕터를 읽을 차례였다. 자꾸만 사과로 향하려는 시선을 책으로 끌어당겼다.

뉴턴이 나무에서 사과가 떨어지는 것을 보고 만유인력을 착안한 것은 널리 알려진 사실이었다(그게 아니라는 설도 있다). 의적 윌리엄 텔은 아들의 머리 위에 사과를 올려놓고 화살을 날렸고, 심술궂은 계모는 백설 공주에게 독이 든 사과를 건넸다. 그리고 그리스 신화에서 아름다움을 다투던 세 여신은 파리스에게 사과를 건네고 승리자에게 주라고 했다. 후대 경전 해석학자들은 성경의 창세기에서 하와가 뱀에게 유혹당해서 딴 선악과를 사과로 결정했다. 책에서는 그 모든 것의 이유를 사과의 가로, 세로 단면의 모양으로 설명했다.

사과를 세로로 자르면 여성의 음문 모양처럼 생긴 씨방이 나온다. 모양상의 유사성 때문에 사과는 예부터 절정의 기쁨 중에서도 성적인 기쁨이라는 의미로 사용되었다. 또한, 사과를 가로로 자르면 별 모양으로 배치된 다섯 개의 씨가 나오는데 숫자 5는 연금술을 비롯한 신비주의 학문에서 소우주를 상징해왔다. 그런 까닭에 사과는 생명의 힘과 재생, 우월을 의미하는 것으로 중세시대의 그림과 조각들에 다른 과일보다 빈번히 사용되었다.

사과에 이토록 다양한 의미가 있다니 재미있었다. 다음 장에는 연인들이 사과를 건네는 것으로 사랑을 고백한다는 설명이 이어지고 있었다. 흥미롭게 읽고 있는데, 운전석 문이 열렸다. 남편이 묵직한 비닐봉지를 내밀었다.

자동차 안이 금세 사과 향기로 채워졌다. 나는 사과를 바지에 문지른 다음 크게 베어 물었다. 향기가 콧속으로 퍼지고, 입안이 달콤해졌다. 나는 사과를 부지런히 씹어 넘겼다. 그사이 자동차는 국도를 벗어나 시골길로 접어들었다. 갈림길에서 사과 과수원 옆 경사길이 아닌 완만한 길로 들어섰다. 완만하기는 하지만 커브가 심했다. 커브를 돌 때마다 시댁의 파란색 지붕이 보였다가 안 보였다가 했다.

네 개인가 다섯 개째 사과를 꺼내는데, 남편이 말했다. 또 먹어? 나는 쿡쿡 웃었다. 사과를 먹어서 기분이 좋아지고 웃음이 나왔다. 장난기가 발동해서 남편 얼굴에 사과를 들이대며 말했다. 먹고 싶지! 메롱! 나의 장난에 남편이 얼굴을 찌푸리며 하지 말라고 말했다. 위험해. 나는 그 반응이 재미있어서 더 바짝 사과를 들이대고 흔들었다. 남편이 손을 들어 사과를 밀쳤다.

그리고 다음 순간 자동차가 옆으로 돌며 파열음을 냈다. 남편이 핸들을 돌리며 브레이크를 밟았다. 나는 안전띠 때문에 뒤로 당겨졌다. 의자에 등이 세게 부딪쳤다. 심장이 요동쳤다. 잠시 뒤 남편이 자동차 밖으로 뛰어나갔다. 나도 허둥지둥 따라 나갔다. 다리가 후들거렸다.

자동차에서 2미터가량 떨어진 곳에 한 소년이 넘어져 있었다. 소년의 왼쪽 무릎에서 피가 흐르고 있었다. 나는 물었다. 괜찮니? 소년이 고개를 들어 나를 보았다. 소년의 큰 눈 속에서 선망의 빛이 일렁거렸다. 나는 그것이 무엇을 의미하는지 알 수 없었다. 어쩌면 소년의 이국적인 외모가 그런 느낌을 받게 하는지도 몰랐다. 두꺼운 쌍꺼풀과 작은 애벌레가 기어가는 듯 보이는 코끝과 두툼한 입술.

멀리서 총성이 울렸다. 과수원에 출몰하는 고라니를 쫓기 위한 것이었다. 문득 소년을 병원에 데려가야 한다는 생각이 들었다. 병원에 가자, 차에 타. 나는 소년을 잡아끌었다. 소년은 고개를 저었다. 그러더니 넘어진 것뿐이라고, 하나도 아프지 않다고 말했다. 발음은 명확한데, 억양이 어딘지 모르게 이상했다. 나는 소년에게 그래도 병원에 가야 한다고 말했다. 그러자 소년이 더욱 세차게 고개를 저으며 엉덩이를 뒤로 뺐다. 한동안 아무 말 없이 나와 소년의 실랑이를 지켜보던 남편이 눅눅해진 목소리로 물었다. 너 찬석이 형 아들이지? 소년이 눈을 크게 뜨고 고개를 끄덕였다. 남편은 생기 잃은 멍한 눈빛을 한 채 소년의 머리를 쓰다듬었다.

넉 달 전 일요일 오후에도 남편은 비슷한 눈빛을 했었다. 우리는 오전에 산세베리아를 비롯해서 화분 다섯 개를 분갈이하고 점심으로 국수를 만들어 먹었다. 그리고 비디오를 봤다. 액션 영화의 총격 장면이 한창일 때 휴대폰이 울렸다. 남편은 전화를 받고, 나는 화면을 정지시켰다. 하이라이트 장면인 탓에 통화가 끝나기를 초조하게 기다렸다. 그런데 남편의 눈빛에서 무언가 툭, 끊어지는 느낌이 들었다. 이윽고 전화를 끊은 남편이 오래 가지고 놀아서 낡아버린 유리구슬 같은 눈빛으로 나에게 운전을 해달라고 말했다. 장례식장까지 가는 내내 남편은 찬석 씨와 너구리, 매미, 잠자리, 오디, 옥수수 등이 한데 얽힌 이야기를 늘어놓았다. 나는 남편의 이야기를 들으며 찬석 씨 아내를 떠올렸다. 작년에 다섯째를 출산하고, 여섯째를 임신한 여자. 결혼식 내내 눈물을 흘리다가 돌연 미소 지은 여자.

장례식장은 소란스러웠다. 남편과 내가 도착하기 얼마 전에 찬석 씨 어머니가 쓰러져서 응급실로 옮겨진 탓이었다. 찬석 씨 아내와 아이들은 그쪽으로 갔는지 보이지 않았다. 찬석 씨의 형이 올 때까지 남편이 상주 노릇을 했다. 주방일은 이국(異國)의 여자들이 대신하고 있었다. 찬석 씨가 결혼한 뒤로 동네 남자들이 국제결혼을 많이 한다고 남편이 알려준 게 기억났다.

남편은 소년에게 찬석 씨 어머니와 베트남 여인의 안부를 물었다. 소년은 어물어물 잘 계신다고 대답했다. 남편은 소년의 어깨를 다독여주었다. 결혼식 때 베트남 여인의 불룩한 배 속에 있던 아기가 어느새 남편의 허리만큼 자랐다. 남편은 뒷주머니에서 지갑을 꺼내더니 명함을 빼서 소년에게 건넸다. 소년은 명함을 받고 머리를 푹 숙여 인사하고 논둑길 너머로 사라졌다.

나는 남편의 행동에 화가 났다. 얼마든지 뻥소니라고 우길 수도 있는 상황이었다. 도대체 무슨 생각이냐고 따지자 남편이 나에게 괜찮냐고 물었다. 남편의 시선이 나의 배로 향해 있었다. 아기가 괜찮은 거냐는 질문이었다. 그제야 나는 손으로 아랫배를 쓸어보았다. 이제까지와 마찬가지로 아무 느낌이 없었다. 남편이 걱정스러운 표정으로 병원에 가봐야 하는 거 아니냐고 물었다. 나는 겁이 났지만, 괜찮을 것 같았다. 남편은 나를 시댁에 데려다주고 찬석 씨네 가볼 생각이라고 말했다.

시댁 앞에 자동차를 세우자, 시어머니가 대문까지 나와서 내 손을 잡아주었다. 시어머니는 사과 주스와 사과 탕수육을 만들어놓았다며 먹고 푹 쉬라고 말했다. 나는 뭘 그런 걸 하셨느냐고 말했지만 내심 좋았다. 남편은 오던 길에 있었던 사고에 대해 간략하게 이야기했다. 시어머니는 거실 구석으로 달려가 수화기를 집었다. 그리고 남편을 다그쳤다. 얼른 가봐라. 찬석이가 죽은 지 얼마나 됐다고. 찬석이 어머니가 아직 몸도 못 추슬렀는데. 시어머니는 어딘가로 전화를 걸면서 남편을 채근했다. 나는 거실 벽에 등을 기대고 앉아 시어머니와 남편을 쳐다보았다.

시어머니는 본래 말수가 적었다. 그런데 달라졌다. 한 손에 수화기를 든 채 어린 녀석이 과수원일 도와준달 때 말렸어야 했는데, 크게 다친 건 아니겠지, 하며 혼잣말을 했다. 남편은 물을 마시다 말고 유리잔을 텔레비전 위에 내려놓으며 아이에게 과수원 일을 시킨 거냐고 물었다. 시어머니는 눈을 찌푸리며 수확기라 일손이 부족해서, 녀석이 용돈 좀 번다기에, 지금 그 집 사정이 딱해, 하고 말했다.

남편이 현관으로 가서 구두를 신었다. 나는 벽에 기댄 채 그 모습을 바라보다가 어처구니없게도 졸음에 빠져서 고개를 툭 떨어뜨렸다. 깜짝 놀라 다시 고개를 들었지만, 눈앞이 흐렸다. 남편과 시어머니가 나를 향해 뭐라고 말을 하는데 그 소리가 먼 데서 울리는 기적 소리처럼 희미했다. 잠이 무겁게 내리누르는 통에 아무것도 생각한 수 없었다. 남편이 나에게 뭐라고 말하며 손을 흔들었다. 시야가 가물가물한 탓에 그의 뒷모습이 순간순간 멀어져 보였다.

시어머니가 나를 남편의 방으로 데리고 갔다. 남편이 서울로 대학에 가기 전까지 사용하던 방이었다. 시어머니는 장롱에서 이불을 꺼내서 깔아주고 덮어주었다. 머리에 베개까지 괴어주었지만, 잠이 차츰 물러갔다. 시어머니가 의식되어 잘 수 없었다. 급기야 나는 실눈을 뜨고 시어머니를 보았다. 미간에 세로 주름을 잡고 앉아 있던 시어머니는 갑자기 자리에서 일어나 밖으로 나갔다. 곧 이어 현관문 여닫는 소리가 들려왔다.

하품이 나왔다. 책을 좀 읽다 보면 잠이 올 것 같았다. 나는 가방에서 『사과 견문록』을 꺼냈다. 책에는 사과의 가로, 세로 단면에 대한 상징에 이어 또 다른 상징들이 이어지고 있었다.

> 사과는 둥근 형태 때문에 여성의 유방을 뜻하기도 하고, 많은 씨와 열매 때문에 임신을 상징하기도 한다. 음문과 유방 그리고 임신까지 여성적인 요소들이 응축된 사과는 그러므로 사랑의 완성을 의미하기도 한다. 오늘날에는 그 의미가 많이 퇴색되기는 했지만 그래도 몇몇 민족에서 아직도 그 흔적을 찾아볼 수 있다. 독일의 베를린 근교에 있는 소도시 코트부스를 중심으로 살아가고 있는 벤데 족의 아가씨들은 남자에게 사랑을 고백할 때 사과를 건네준다.

(그림 5-3 참고) 일부 슬라브인들은 연인끼리 반지를 교환하고 난 뒤 남자가 여자에게 사과를 건네주는 풍습이 남아 있다.

보름 전부터 자기 전에 침대 옆에 사과를 두어 개씩 가져다두었는데, 머리맡을 아무리 더듬어도 사과가 잡히지 않았다. 목이 말랐다. 몸을 일으키자 허리가 쑤셨다. 이불도 낯설었다. 오래되어 옆으로 삐딱해진 나무 책상과 5단짜리 서랍장과 학사모를 쓴 젊은 시절의 남편이 눈에 들어왔다. 남편의 방. 대체 얼마나 잔 걸까.

베개 옆 휴대폰을 들어 시간을 확인했다. 오후 3시 반. 믿기지 않아서 한 번 더 확인했다. 세상에 다섯 시간이나 자다니. 오후 3시에 대전에서 있을 예정인 워크숍이 떠올라 휴대폰을 쥐고 거실로 나갔다. 시댁에 도착했을 때 시어머니가 사과 주스와 사과 탕수육을 만들어놓았다고 말한 게 떠올랐다. 허기가 져서 당장 주방으로 들어가고 싶지만, 남편과의 통화가 먼저였다.

예상대로 대문 밖에 남편의 자동차는 없었다. 나는 맞은편 논둑길로 오르며 휴대폰 단축번호 1번을 길게 눌렀다. 배가 고픈데, 남편은 전화를 받지 않았다. 짜증이 치밀었다. 남편은 내가 임신 4개월이 되면서부터 태동을 기다렸다. 그러더니 워크숍 기간에 최초의 태동을 느끼면 어쩌냐며 전전긍긍했다. 나는 그를 편하게 해주려고 따라나섰다가 혼자 남겨졌다. 자고 있어서 그냥 갔다는 것을 짐작하면서도 서운했다.

또한, 남편이 아침의 사고를 어떻게 처리했는지도 궁금했다. 따지고 보면 내가 남편에게 장난을 쳐서 벌어진 일이었다. 잠을 자느라 모든 것을 남편에게 떠맡겼다고 생각하니 부끄러웠다. 시어머니가 나간 뒤 곧장 남편에게 전화를 걸었어야 했다. 휴대폰에서 전화를 받을 수 없으니 음성 메시지를 남기라는 기계음이 흘러나왔다. 종료 버튼을 누른 뒤 다시 1번 버튼을 길게 눌렀다.

송신음을 들으며 나는 계속 걸었다. 앞으로 나아갈수록 고라니를 쫓는 총소리가 커지고, 사과 향기도 진해졌다. 남편에 대한 섭섭함 때문에 미뤄두었던 허기가 몰려왔다. 머릿속에서 수십 개의 사과가 한꺼번에 빙빙 돌고, 목구멍으로 침이 넘어갔다. 그러다 사과 주스 속에 빠진 것처럼 주위 공기가 사과 향기로 농밀해졌다. 총성 때문에 귀가 멍했다. 언젠가 남편이 논둑길 너머에 사과 과수원이 있다고 말한 게 떠올랐다. 궁하면 통한다고 했던가. 귓속을 맹렬하게 파고드는 총소리와 공기 중의 밀도 높은 사과 향이 그 기억을 증명하는 듯했다.

사과나무에서 직접 사과를 따 먹을 수 있다고 생각하니 설렜다. 나는 빠르게 걸었지만, 과수원은 좀처럼 나타나지 않았다. 총성과 사과 향이 아니라면 진작 포기하고 돌아갔을 것이다. 한참 동안 쉼 없이 걷고서야 비탈 앞에 도착할 수 있었다. 논둑길 아래로 비탈이 넓게 펼쳐져 있었다. 내가 이렇게 높은 곳에 있었나 싶을 정도로 비탈이 멀리까지 이어지고 있었다.

비탈에 서 있는 나무는 키가 2미터가량 되었다. 나무로 보기에는 작은 키였다. 밑줄기는 나의 종아리 정도 굵기이고, 그와 비슷한 굵기의 곁가지를 사방으로 뻗고 있었다. 가지마다 붉게 잘 익은 사과가 매달려 있었다. 사과는 대개 내 주먹보다 크고, 주먹 두세 개를 합친 것보다 큰 것들도 간혹 있었다. 굵은 가지마다 사과가 예닐곱 개씩 매달려 있었다. 사과의 무게 때문에 가지는 축 늘어져 있었다. 곁가지를 지탱하는 밑줄기는 금방이라도 옆으로 쓰러질 것 같았다. 그 때문에 부목이 덧대어져 있었다. 부목은 밑줄기를 떠받치고, 곁가지를 지탱해주었다. 부목이 없다면 사과나무는 사과의 무게로 폭삭 무너질 것이었다.

내가 상상하던 사과나무는 이것과 달랐다. 상상 속 사과나무는 밑줄기가 한 아름이 넘고, 초록색 이파리가 무수히 매달려 있었다. 무성한 잎 사이로 빨간 사과가 드문드문 보였다. 아이들이 사과나무를 타고 올라가 먼 곳을 보기도 하고, 높은 가지에는 새가 둥지를 틀기도 했다.

『사과 견문록』에는 과수 재배용 사과나무의 경우 일부러 발육을 억제한다고 적혀 있었다. 나무 자체보다 사과에 영양을 공급하기 위해서였다. 하지만 그 내용이 이런 사과나무를 의미하는 것인 줄 몰랐다.

사과나무에는 이파리도 별로 없었다. 이파리도 거의 없이 사과만 매달린 가지에 시멘트 덩어리가 한두 개씩 걸려 있었다. 육면체 모양의 시멘트 덩어리가 크리스마스트리 장식물처럼 가지 끝에 매달려 있었다. 뭐지? 나는 나뭇가지에서 시멘트 덩어리를 걷어내보았다. 시멘트 덩어리는 생각보다 묵직했다. 또 하나를 걷어내자 가지가 위로 들리면서 윗가지에 매달린 사과를 건드렸다. 다른 가지의 시멘트 덩어리도 마찬가지였다. 시멘트 덩어리는 가지를 아래로 잡아당겼다. 그렇게 만들어진 가지와 가지 사이의 공간에서 사과가 영글고 있었다.

속이 뒤틀렸다. 이런 식으로 생산한 사과를 내가 그토록 열광하며 먹어왔다는 사실에 몸서리가 쳐졌다. 나는 쪼그리고 앉았다. 토하면 속이 시원해질 것 같은데 아무것도 뱉어지지 않았다. 나는 손가락을 입에 넣었다. 축축한 혀를 지나 목젖을 건드리자 몸이 케첩 용기처럼 꽉 쪼그라들었다. 위장이 요동치고 얼굴로 피가 쏠리고 구역질이 났다. 그러나 아무것도 뱉어지지 않았다. 몇 차례 목젖을 건드렸지만 쓴 위액만 입안에 맴돌았다.

귀를 틀어막고, 입으로만 숨을 쉬었다. 그래도 총성은 사라지지 않고, 사과 향이 느껴졌다. 속이 울렁거리고, 어지러웠다. 어서 이곳을 벗어나야 했다. 몇 번이나 자신을 다그치고서야 다리에 힘을 줄 수 있었다. 백 년 만에 일어서는 사람처럼 천천히 무릎을 펴고 허리를 세웠다.

몸의 방향을 트는데, 소리가 들려왔다. 아이들의 소리였다. 20여미터 가량 떨어진 곳에 두 아이가 있었다. 한 명은 서 있고, 다른 한 명은 앉아 있었다.

이곳은 큰길에서 한참 떨어져 있고, 아이들에게 휴대폰이 없을 수도 있었다. 무슨 이유로 이곳에 아이들이 있는지 확인해야 했다. 이상하게도 아이들을 보자 기운이 났다. 선생이라는 직업의 반응일 수도 있었다. 내가 가까이 다가가자 서 있는 아이가 황급히 고개를 돌렸다. 그리고 앉아 있는 소녀의 팔을 세게 잡아당겼다.

"다리는 괜찮니?"

소년은 찬석 씨 아들이었다. 소년의 왼쪽 무릎에 희고 반듯한 반창고가 붙어 있었다.

"우리 오빠를 아세요?"

소녀는 당돌했다. 소년보다 발음과 억양이 세련된 느낌이었다. 내가 고개를 끄덕이자 소녀가 말했다.

"우리 오빠 아침에 교통사고당했어요."

"조용히 해."

"아저씨가 쉬라고 했는데, 사과 따러 간다잖아요. 도와주러 왔다가 넘어졌어요."

"누가 오랬니?"

"오빠, 그러는 거 아냐. 내가 넘어지고 싶어서 넘어진 것도 아니잖아."

소녀의 눈에서 눈물이 떨어졌다. 소년은 땅을 보고 있었다. 나는 소녀 앞에 쪼그려 앉았다.

"좀 보자."

소녀가 오른쪽 발목을 움직였다. 복숭아뼈 주위가 사과처럼 붉게 부어올라 있었다. 당장 걷기는 힘들어 보였다. 소년이 소녀의 손목을 끌어당겼다.

"일어나."

"아프다니까."

나는 망설이다가 소녀에게 등을 내밀었다. 아침의 잘못에 대한 미안함을 이렇게라도 갚고 싶었다.

소년과 소녀는 머뭇거렸다. 나는 소년에게 말했다. "아침에 아줌마 봤지? 아줌마가 잘못한 거거든. 그러니까 아줌마가 데려다주고 싶어." 소년이 고개를 떨구자, 소녀가 내 등에 무게를 실었다. 소녀는 새처럼 가벼웠다. 나는 소녀를 업고 과수원 비탈을 올라가서 논둑길로 나갔다. 어디에서 힘이 솟는지 알 수 없었다. 아무튼, 나는 계속 걸었다. 그리고 이내 시댁 초입의 갈림길에 도착했다. 소년은 갈림길에서 과수원 옆 급경사길을 택했다. 나는 한차례 심호흡을 한 다음 소년의 뒤를 따랐다.

다시금 사과 향이 내 목을 조르고, 총성이 귀를 후려쳤다. 얼굴 가장자리에서 땀방울이 솟는 게 느껴졌다. 몸이 후끈해지고, 걸음이 느려졌다. 소년은 경사길 중턱에서 과수원으로 달려들어갔다. 사과나무 사이를 다람쥐처럼 내달린 소년은 사과를 따고 있는 여자 앞에 섰다. 그러고는 손으로 나를 가리켰다. 여자는 멀리서 보아도 만삭이었다. 그리고 등에 아기를 업고 있었다. 잠시 뒤 여자가 나를 향해 걸어 내려왔다. 여자가 사과를 따던 곳에서 소년이 사과를 따기 시작했다.

황급히 과수원에서 내려온 여자는 소녀의 발목을 살펴보았다. 소녀는 잠들었는지 자꾸 옆으로 늘어졌다. 나는 소녀를 추어올리며 여자를 힐금거렸다. 소녀의 발목을 만지는 여자의 손이 오래된 나무 같았다. 살이 거의 붙어 있지 않은 데다가 마디마다 굳은살이 있었다. 게다가 여자의 얼굴은 처참했다. 피부가 여기저기 갈라지고, 하얗게 살비듬이 일어나고, 기미까지 잔뜩 껴 있었다. 그런데 배가 터질 것처럼 불룩했다.

여자는 나에게 소녀를 달라고 했다. 그런 손짓을 했다. 나는 얼결에 소녀를 넘기려다가 마음을 고쳐먹었다. 만삭에 아기까지 업은 여자에게 소녀를 줄 수 없었다. 여자는 소녀를 데려다주겠다는 내 말에 손을 내저었다. 나는 몸을 돌려 경사길을 올라갔다. 잠시 뒤 여자가 따라오는 기척이 느껴졌다.

나는 자신을 북돋웠다. 조금만 더 가자. 조금만 더. 힘내자. 잠든 소녀가 자꾸 옆으로 처지고, 사과 향기 때문에 입으로만 숨을 쉬니 힘들었다. 고라니를 쫓는 총성에 머리가 아플 지경이었다. 얼른 소녀를 데려다주고 도망치고 싶었다. 그런데 내 뒤를 따라오던 여자가 종종걸음으로 나를 앞질렀다. 여자는 거의 뛰다시피 해서 10여미터 앞에 있는 붉은 대문 안으로 들어갔다. 희미하게 아기 울음소리가 들려왔다. 아기는 점점 더 큰 소리로 울었다.

붉은 대문 안에는 오래된 한옥이 있었다. 기와가 군데군데 비어 있고, 나무기둥이 오래되어 비틀어지고, 창호지가 너덜거렸다. 나는 댓돌에 올라서서 마루에 소녀를 내려놓았다. 그리고 나무기둥에 기대어 호흡을 가다듬었다. 마당의 한쪽에 경운기가 세워져 있고, 우물이 있었다. 판자 몇 개로 만들어놓은 개집 앞에서 늙은 개가 졸고 있고, 처마에 마늘 두어 접이 매달려 있었다.

높은 하늘에 무정형의 구름 조각이 떠 있고, 까마귀처럼 보이는 새가 빠르게 날아갔다. 볕은 아직 따스하지만, 해가 설핏했다. 가을바람이 서늘했다. 소녀에게 얇은 이불이라도 한 장 덮어주고 가야 할 것 같았다. 나는 몸에 남은 기운을 짜내 마루로 올라갔다. 창호지 문 안에서 베트남 여자가 갓난아기를 어르고 있었다. 여자는 젖을 물리려 하고, 아기는 젖을 뱉어내며 칭얼거렸다. 여자의 등에 매달린 아이는 목을 뒤로 젖힌 채 입을 벌리고 잠들어 있었다. 나는 아이의 목 뒤를 받쳐 여자의 등에 기대도록 한 다음 얇은 이불을 챙겼다. 여자가 나를 쳐다보았다. 초조한 눈빛이었다. 나는 여자에게 필요한 게 있으면 말하라고 하고 싶었지만, 입이 떨어지지 않았다.

"저기, 사과 좀."

잘못 들은 줄 알았다. 목소리가 작아서 잘 안 들렸다.

"예?"

"부엌에요. 사과가 있어요. 사과요."

여자는 죄송하다며 머리를 조아렸다. 나는 부엌으로 가서 사과를 가져다주어야 한다고 생각하면서도 머뭇거렸다. 마음과 다르게 몸이 움직이지 않았다. 소녀에게 이불을 덮어주고 느릿느릿 주방으로 향했다.

그런데 칭얼대던 아기가 다시 울음을 터뜨렸다. 아기 울음소리가 나를 떠밀었다. 주방은 마루 끝에 있었다. 계단을 두어 개 내려가자 낡은 개수대가 보였다. 주방은 온기가 없이 썰렁했다. 개수대 맞은편 항아리 위에 넓은 대바구니가 있었다. 대바구니 안에는 썩은 사과가 가득했다. 빨간 부분보다 누렇거나 시커먼 부분이 더 많은 사과를 흐르는 물에 깨끗이 씻었다. 그러는 중에 허기가 져서 입으로 침을 삼켰다. 당장 사과를 베어 물고 싶지만, 아까 본 황량한 사과 과수원의 풍경을 떨칠 수 없었다.

베트남 여인은 내가 사과를 깎아서 내려놓으면 곧바로 입에 쑤셔 넣었다. 잠시도 쉬지 않고 입으로 사과가 들어갔다. 여인은 사과를 힘차게 씹었다. 목적지를 향해 거침없이 달려가는 기차처럼 맹렬하게 먹었다. 등에 아기를 업고, 만삭의 배 위로 젖을 물고 있는 아기를 감아 안고, 쉼 없이 사과를 집어 먹었다. 그 모습이 어쩐지 서커스처럼 보였다. 나는 서커스를 볼 때마다 신기하다기보다는 안쓰러웠다. 다 보고 나면 항상 마음이 무거웠다. 칭얼대던 아기는 젖을 문 채 잠이 들었다.

석양 무렵 하늘은 여러 가지 색깔로 지저분했다. 공기는 차게 식어 있었다. 고라니를 쫓는 총성은 여전히 공기를 후벼 파고, 사과 향기가 사방에 퍼져 있었다. 나는 대문을 넘었다. 사과 과수원을 외면한 채 반대편 비닐하우스를 보며 경사길을 내려갔다. 몸에 기운이 하나도 없어서 수초처럼 흐느적거렸다. 다리가 자꾸 엉클어졌다. 이대로 가다가는 넘어질 것만 같아서 쪼그리고 앉았다. 남편에게든, 시어머니에게든 전화를 걸어야 했다. 휴대폰을 꺼내기 위해 허리를 폈다.

그때 아랫배 쪽에서 미약한 움직임이 감지되었다. 배 속에서 밖을 향해 문을 두드리는 느낌이었다. 사이다의 기포처럼 양수를 가로질러 떠올라 뱃가죽에서 뽀옥뽀옥 터지는 감각은 다른 차원의 세계에서 온 신호였다. 하지만 신호는 제대로 해석할 만큼 오래 지속되지 않았다. 나타나자마자 사라져버렸다. 나는 손으로 배를 더듬어보았다. 더는 어떤 움직임도 없었다. 평소와 같은 고요함이 불안했다.

주머니에서 휴대폰을 꺼냈다. 휴대폰 액정에 부재중 수신 전화 열다섯 통, 이라는 글자가 새겨져 있었다. 남편이었다. 남편에게 전화를 걸려는데 진동이 느껴졌다. 당신 어디야? 휴대폰에서 남편의 목소리가 튀어나왔다. 왠지 눈물이 쏟아질 것 같았다. 나는 과수원에서 찬석 씨 아이들을 만난 일부터 이야기했다. 내가 말을 마치자 남편이 목소리에 힘이 없다며 걱정했다. 사과는 먹은 거냐고 물었다. 나는 앞으로 사과를 먹지 않겠다고 대답하려 했지만, 배가 고팠다. 허기가 져서 무엇이든 먹을 수 있을 것 같았다. 남편은 찬석 씨네 과수원에 들어가서 사과를 따 먹으라고 했다. 누가 뭐라고 하면 시아버지 이름을 대라고 했다. 몇 개 따 먹고 힘을 내서 시댁으로 돌아가라고 말했다.

남편은 워크숍이 끝나자마자 오겠다고 했다. 그러더니 아직 아니지? 하고 물었다. 아직 태동이 있었던 건 아니지? 라는 의미였다. 나는 대답 대신 과수원에 있는 사과나무를 바라보았다. 비쩍 마른 가지에 붉게 잘 익은 사과를 잔뜩 매단 나무들이 끝도 없이 서 있었다. 사과를 한 개만 먹으면 허기가 가실 것 같았다. 딱 한 개만.

아 유 오케이?

그녀는 자동문으로 들어갔다. 1층 홀은 원형이었다. 천장에 거대한 샹들리에가 매달려 있고, 대칭을 이루는 두 갈래 계단이 곡선을 그렸다. 그녀는 홀을 가로질러 계단으로 갔다. 1층은 2층보다 혼잡했다. 1층에는 사무실과 드레스 숍이 있고, 2층에는 세 개의 홀이 있었다. 홀의 이름은 각각 다이아몬드 홀, 사파이어 홀, 에메랄드 홀이었다. 그중에서 에메랄드 홀 신부 대기실은 계단에서 대각선 방향이었다. 축의금 수납하는 곳 뒤였다. 그녀는 신부 대기실로 가기 위해 사람들 속으로 들어갔다. 얼마 가지 않아 독한 향수와 텁텁한 채취에 머리가 어지러웠다. 그리고 머리 왼쪽이 쑤셨다. 그녀는 머리가 자주 아픈 편이었다. 항상 가방에 두통약을 가지고 다녔다. 하지만 그녀는 가방을 뒤지는 대신에 걸음을 재촉

했다. 신부 대기실에서 신부를 만나고, 축의금을 건네고, 이곳을 벗어나는 게 더 나을 것 같았다. "무슨 일이 있어도 얼굴도장 찍고 와. 그게 다 고객 관리야." 화장품 매장 매니저는 그렇게 말했다. 매니저는 고객 관리라는 말을 입에 달고 살았다. 신부 대기실에서 대기 중인 신부는 그녀의 친구였다. 친구는 백화점 화장품 매장에서 우연히 그녀를 본 다음부터 종종 매장에 들르고, 제품을 구매했다. 그러더니 얼마 전에 2백만 원이 넘는 신부 세트를 샀다. 매니저는 청첩장을 달라고 해서 그녀에게 주었다. 그녀는 신부 대기실로 들어갔다. 부케를 내려다보던 신부가 고개를 들었다. 반짝이는 티아라, 어깨로 비스듬히 떨어지는 면사포, 풍성한 속눈썹, 화사한 신부 화장, 가슴 굴곡이 드러난 새하얀 웨딩드레스……. 신부의 눈에 의문이 떠올랐다. 평소와 다른 차림을 고려해도 신부는 그녀의 친구가 아니었다. 그녀는 놀라서 밖으로 나갔다. 축의금 수납하는 곳에 가서 신랑과 신부의 이름을 확인했다. 이름이 달랐다. 그녀는 가방에서 청첩장을 꺼냈다. 예식장 이름은 맞았다. 그녀는 혹시나 싶어서 휴대폰으로 날짜를 확인했다. 날짜가 달랐다. 친구의 결혼식은 지난주였다. 그녀는 왼손으로 머리를 꾹 눌렀다. 두통이 심해지고 있었다. 오른손으로 가방을 뒤지며 눈으로 홀을 더듬어 정수기를 찾았다. 정수기는 눈에 띄지 않고, 두통약은 찾을 수 없었다. 그녀는 두리번거리다가 에메랄드 홀 옆 복도로 들어갔다. 홀과 달리 그곳은 한적했다. 복도를 따라 걷다가 끝에서 오른쪽으로 돌아서자 옛날식 미닫이문이 나타났다. 폐백실. 미닫이문 앞에는 좁은 평상이 튀어나와 있었다. 평상 위에 쇼핑백과 작은 백들이 쌓여 있었다. 그녀는 그 옆에 쭈그리고 앉아 허벅지에 가방을 올리고 지퍼를 당겼다. 가방 속을 살피려는데 미닫이 안에서 부스럭거리는 소리가 났다. 그녀는 포식자에게 들킨 초식동물처럼 발딱 일어나 되돌아 나갔다. 하지만 곧장 홀로 들어가지 못했다. 사람들 속으로 다시 들어갈 엄두가 나지 않았다. 망연히 복도 끝에 서 있는데, 누군가 그녀를 건드렸다. 모르는 사람의 무심한 손길이 아니라 다정하게 등을 두드렸다. 언니! 이것 좀 맡아줘. 애교 섞인 목소리와 함께 손에 무언가가 잡혔다. 내려다보니 쇼핑백이 손에 들려 있었다. 그녀는 고개를 들어 베이지색 정장을 입은 여자가 사람들 사이를 빠져나가는 걸 지켜보았다. 연한 베이지색 투피스를 입은 여자는 순식간에 사라졌다. 그녀는 쇼핑백을 든 채 여자를 기다렸다. 다이아몬드 홀, 사파이어 홀, 에메랄드 홀에서 번갈아 이어지는 축혼 행진곡을 듣고, 웨딩드레스를 입은 신부가 시간에 맞추어 홀을 가로질러 가는 걸 보았다. 박수 소리와 축포 소리 같은 게 들려왔다. 그녀는 한참 동안 서 있다가 화장실 옆 벤치로 갔다. 벤치에 앉아 쇼핑백을 내려놓고, 가방을 열었다. 손바닥만 한 보라색 파우치를 열어 생리대 사이사이를 살피고, 표지가 너덜거리는 수첩을 거꾸로 들고 흔들었다. 안쪽 지퍼도 열었다. 어디에도 두통약은 없었다. 그녀는 인상을 쓰며 손으로 머리를 눌렀다. 힘센 누군가가 머리를 잡아 비틀고 있는 것 같았다. 그녀는 일주일에 한두 번씩 그런 두통에 시달렸다. 자주 가는 동네 약국 남자 약사는 그녀를 보면 거의 자동으로 보라색 두통약을 주었다. 그녀는 약을 받고 도망치듯 약국을 빠져나가곤 했다. 고개를 들어 남자 약사의 얼굴을 쳐다본 적이 단 한 번도 없었다. 그녀는 두통약을 삼키고 나서 수첩에 '-1'을 적었다. 남자 약사에게 말 한마디 붙여보지 못해서 생긴 '-1'이었다. 그녀는 실망스럽거나 무력한 기분이 들 때마다 '-1'을 적었다. 벌써 5년째였다. 5년 전에 아버지의 수첩을 훔칠 때는 이런 용도로 사용하게 될 줄 몰랐다. 그녀는 그저 아버지의 수첩을 갖고 싶었다. 아버지는 수첩에 무언가 적는 습관이 있었다. 언제나 소파나 식탁 의자에 앉아 파이롯트 펜으로 수첩에 무언가 끼적이곤 했다. 메모를 좋아하는 만큼 수첩도 많이 사들였다. 그녀가 한 권 훔쳐도 알아채지 못할 정도로 많았다. 그녀는 훔쳐낸 아버지의 수첩에 이런저런 것들을 적어보았다. 학교 숙제나 친구의 생일이나 유행가 가사나 생리 날짜 같은 것들. 그런 것들이 수첩 앞부분의 몇 장을 차지하고 있었다. 그 뒤에는 어머니의 물건들이 이어졌다. 바퀴 없는 자전거, 액정이 부서진 모니터, 버튼이 고장 난 선풍기, 수화기가 없는 전화기, 한쪽 다리가 짧은 의자, 짝짝이 신발과 장갑들, 손잡이가 사라져서 열 수 없는 서랍장, 텅 빈 화분, 부서진 로봇이나 인형들, 찢어진 스피커 등등. 어머니는 아버지가 집을 나간 뒤부터 버려진 물건들을 모으기 시작했다. 그러면 그녀는 어머니가 주워 온 물건들을 수첩에 적었다. 처음에는 별생각 없이 적었는데, 적다 보니 아버지가 돌아오면 보여주고 싶어졌다. 그래서 더 열심히 적었다. 다 적고 나면 텔레비전을 보거나 어머니가 가져온 물건들을 내키는 대로 꾸미며 시간을 보냈다. 부서진 모니터는 인형의 집이 되고, 바퀴가 없는 자전거와 한쪽 다리가 짧은 의자는 서로 의지해 하나가 되었다. 서랍장을 빼서 신발을 넣어두기도 하고, 고장 난 선풍기를 장갑으로 장식하기도 했다. 그러는 동안 어머니는 살이 빠지고, 생기를 잃어갔다. 피부는 말린 생선처럼 거칠어지고, 몸에서 고약한 냄새가 났다. 어머니는 간혹 외박했지만, 대부분의 경우 그녀와 함께 잤다. 모녀는 버려진 물건들 속에서 꼭 붙어 누웠다. 이런 식의 삶도 나쁘지 않다고 그녀는 생각했다. 그러나 어느 날 어머니와 어머니의 물건들이 한꺼번에 사라졌다. 그녀가 학교에서 돌아오니 집 안의 물건들이 밖으로 옮겨지고 있었다. 모자를 쓴 남자들이 어머니의 물건들을 파란색 트럭으로 날랐다. 그녀는 한 남자에게 무슨 일이냐고, 어머니는 어디 있느냐고 물었다. 남자는 아버지에게 물어보라는 대답만 되풀이했다. 아버지는 통화 중이었다. 거실이 비워질수록 그녀는 어머니가 걱정되었다. 안절부절못하다가 수첩을 펼쳤다. 남자들이 가지고 나가는 물건을 수첩에서 찾아내는 건 불가능한 일이었다. 그래서 '-1'을 적기 시작했다. 어째서 그런 생각이 들었는지 알 수 없었다. 그녀는 무언가 적고 싶었고, '-1'을 적을 수 있어서 만족스러웠다. 그녀는 남자들이 물건을 나르는 동안 계속 '-1'을 적었다. 얼마 뒤 남자들은 어머니가 주워 온 물건들을 모두 싣고 떠났다. 집 안은 아버지가 떠나기 전과 똑같아졌다. 그녀는 수첩을 품에 안은 채 어머니를 기다렸다. 해가 지고, 어둠이 깔렸다. 그녀는 팔 사이에 머리를 묻고 기다렸다. 마침내 대문에서 소리가 났다. 어머니의 운동화 소리가 아니었다. 하나는 묵직하고, 다른 하나는 가벼웠다. 이어서 스위치 소리가 들리고 주변이 깜빡깜빡 밝아졌다. "잘 지내라." 1년 만에 아버지가 딸에게 건넨 첫마디. 아버지는 빨리 이곳을 벗어나고 싶어 하는 것 같았다. 그녀는 물었다. "어머니는요?" "소용없다." "어디 있어요?" 그녀가 다가가자 아버지는 물러섰다. 그녀가 뱀이라도 되는 것처럼 아버지의 표정이 일그러졌다. "걱정 말고 공부나 해." "어머니는요!" "여보, 이러면 안 돼요. 저기, 엄마가 아프셔. 눈치챘을 거야." 아버지 옆의 여자는 저승사자처럼 검은색 투피스를 입고 있었다. 머리카락을 뒤로 모아서 묶고, 연하지만 세련된 화장을 하고 있었다. 여자는 그녀에게 어머니의 상태를 말해주었다. 어머니의 병원은 그녀가 처음 들어보는 지명에 있었다. 그 뒤로 여자는 그녀를 돌봐주었다. 일주일에 한 번씩 냉장고를 채우고, 청소를 하고, 빨래를 돌렸다. 모든 일을 조용히 처리했다. 그녀는 매일 밤 텔레비전을 보았다. 수업 시간에 졸고, 성적이 떨어지고, 선생에게 꾸중 듣는 날이 늘어갔다. 그녀는 꾸중을 듣거나, 기분이 나쁘거나, 무기력한 기분에 빠지면 수첩에 '-1'을 적었다. 그녀는 거의 꼴찌에 가까운 성적으로 고등학교를 졸업했다. 여자는 그녀가 고등학교를 졸업하자 아르바이트를 소개해주었다. 그녀는 어떤 아르바이트에서도 한 달 이상 버티지 못했다. 잠이 문제였다. 밤새도록 텔레비전을 보고, 낮에는 졸았다. 결국, 석 달 전 여자는 마지막이라며 백화점 화장품 매장 판매직을 소개해주었다. 화장품 매장 판매직은 쉽게 구할 수 있는 자리가 아니었다. 외워야 할 것도 많고, 고객 응대하는 것도 어려웠다. 첫날, 그녀는 연수를 받고 즉시 포기하려고 했다. 하지만 화장품 매장에 나가자 생각이 바뀌었다. 백화점 화장품 매장은 천국이었다. 모든 게 매끄럽고 반짝이며 스피커에서 멋진 클래식이 흘러나왔다. 늘 향기롭고, 깨끗했다. 그녀는 복잡한 화장품 이름을 열심히 외웠다. 상담할 때면, 그 긴 이름들을 토씨 하나 틀리지 않고 뱉었다. 우아한 고객들은 아름다운 병에 담긴 화장품을 큰돈을 치르고 사갔다. 그녀는 온종일 일을 해도 피곤하지 않았다.

*

예식장 구석 벤치에서 그녀는 '-1'을 적었다. 어떻게 날짜를 헷갈릴 수 있는지. 그리고 쇼핑백은 또 뭔지. 어쩌면 '-1'을 하나 더 적어야 하는지도 몰랐다. 돌이켜 보면 베이지색 정장을 입은 여자가 쇼핑백을 준 것도 확신할 수 없었다. 그저 베이지색 정장이 눈에 들어온 것뿐이었다. 그녀는 옆에 놓아둔 쇼핑백을 힐긋 보았다. 희고 각이 잘 잡힌 쇼핑백에 흰 봉투가 수북하게 들어 있었다. 그녀는 충동적으로 쇼핑백을 들고 화장실로 갔다. 칸막이로 들어가서 소변기 뚜껑을 덮고 그 위에 앉았다. 흰 봉투를 열자 돈이 나왔다. 5만 원, 10만 원, 7만 원, 15만 원, 다시 10만 원, 또 10만 원, 5만 원, 10만 원……. 봉투 겉면에 한문이나 한글로 이름이 적혀 있었다. 돈은 375만 원이었다. 그녀는 액수를 확인하자마자 루이비통 모노그램 멀티컬러 알마 백을 떠올렸다. 흰 바탕에 핑크색, 파란색, 초록색, 갈색으로 루이비통 로고가 박혀 있는 백. 화장품 매장에 오는 손님 중 그 백을 들고 오는 여자가 있었다. 매장 직원들은 그 여자가 그녀와 닮았다고 했다. 그 뒤로 그녀는 루이비통 매장을 지날 때마다 그 백을 눈여겨보았다. 그 백은 은은한 기품이 있었다. 그녀는 두툼한 돈뭉치를 주머니에 쑤셔 넣고, 쇼핑백을 쓰레기통에 버렸다. 그리고 예식장에서 빠져나갔다. 지하철을 타고 백화점이 있는 역으로 향했다. 그녀가 일하는 백화점이 아니라 다른 백화점으로 갔다. 지하에서 에스컬레이터를 타고 1층으로 올라갔다. 그녀가 일하는 백화점은 1층에 루이비통 매장이 있었다. 하지만 여기는 2층에 있었다. 그녀는 한 번 더 에스컬레이터를 탔다. 루이비통 매장에 다가갈수록 그 백이 없을지도 모른다는 생각이 들어서 초조했다. 그녀는 이를 악물었지만, 남극에 서 있는 것처럼 떨렸다. 다행히 매장 정면에서 그 백이 진열된 게 보였다. 그런데 그녀보다 먼저 연보랏빛 페이즐리 무늬 스카프를 목에 감은 여자가 손을 뻗었다. 점원이 백을 꺼내주었다. 스카프 여자는 거울 앞으로 가서 백을 팔에 걸고 살펴보았다. 점원이 설명했다. "이 백은 모노그램 멀티컬러 알마 백인데요. 아시다시피 롱런 중인 아이템이에요. 손님처럼 젊은 여성분들이 좋아하세요. 이번 시즌에 가장 많이 팔린 제품 중 하나예요. 저희 브랜드가 이렇게 젊은 라인으로 나온 건 드문데, 예쁘죠? 어디에 매치해도 스타일리시해요." 스카프 여자는 소중한 보물인 양 백을 쓰다듬었다. 그녀는 더는 참을 수 없어서 돈뭉치를 내밀었다. 스카프 여자가 돈뭉치를 보더니 백을 내려놓고 획 돌아섰다. 점원이 그녀를 매대로 데려갔다. 그러고는 광택이 나는 수건으로 백을 꼼꼼하게 닦고, 조심스레 비닐에 담고, 다시 한 번 하얀 포장지로 감싸고, 크고 두껍고 단단한 쇼핑백에 넣었다. 그녀는 기다리는 동안 가슴이 터질 것 같았다. 쇼핑백을 들고 택시를 탈 때까지 숨도 제대로 쉴 수 없었다. 두통은 물러났지만, 그녀는 약국 앞에서 택시를 세웠다. 쇼핑백을 어깨에 걸고 안으로 들어갔다. 컴퓨터 앞에 앉아 있던 남자 약사가 일어섰다. "오셨어요?" 그녀는 고개를 숙인 채 의자에 앉았다. 루이비통 쇼핑백은 옆자리에 내려놓았다. 그녀는 이제껏 단 한 번도 약국 의자에 앉은 적이 없었다. "엊그제 많이 사 갔잖아요. 더 줘요?" 항상 무언극처럼 그녀를 보자마자 두통약을 내밀던 남자 약사가 질문했다. 그녀는 대답 대신 남자 약사를 쳐다보았다. 짙은 눈썹, 쌍꺼풀이 진한 눈, 둥근 코끝, 선이 뭉개져 부드러워 보이는 입술. 그녀는 얼굴로 열이 몰려서 고개를 숙였다. 남자 약사가 말했다. "쇼핑하셨나 봐요. 쇼핑도 좋지만, 맛있는 거 드세요. 살이 찌면 나을 수도 있어요." 그 말을 듣고 그녀가 고개를 들어 남자 약사를 보았다. 남자 약사는 그녀와 눈이 마주치자 고개를 돌렸다. 그녀는 깔깔 웃고 싶어졌다. 남자 약사에게 혀를 날름 내밀고 싶었다. 하지만 두 가지 다 하지 못하고 약국을 빠져나갔다. 그리고 뛰었다. 집에 도착하자마자 포장을 벗겨버리고 루이비통 모노그램 멀티컬러 알마 백을 품에 안았다. 가죽 냄새가 콧속으로 물씬 밀려들었다. 지퍼를 열자 연한 핑크색 속살이 드러났다. 백의 안쪽이 그런 색일 거라고 예상하지 못했지만, 마음에 들었다. 마음에 들지 않는 구석이 없었다. 튼튼한 안주머니가 두 개나 있고, 가죽으로 된 카드 지갑까지 들어 있었다. 카드 지갑을 꺼내놓고, 지퍼를 닫고, 가죽이 덧대어져 있는 가장자리를 손가락 끝으로 매만졌다. 처음부터 끝까지 박음질이 섬세하고 곡선으로 이어지는 것도 훌륭했다. 그녀는 애완동물처럼 백을 쓰다듬고, 몇 번이나 코를 박고 가죽 냄새를 마셨다. 그러고 나서 수첩을 꺼내 길게 이어져온 '-1' 뒤에 '+1'을 적었다. 이제껏 '+1'을 기다려온 것 같다는 생각이 들었다. '+1'은 마침표였다. 이제 '-1'이 아닌 새로운 무언가가 시작되고 있었다. 그녀는 뿌듯한 마음으로 일찌

감치 잠자리에 들었다. 백을 안고 있어서인지 평소보다 빨리 잠들었다. 다음 날, 그녀는 알람이 울리기 전에 눈을 떴다. 씻고 화장하는 동안 콧노래를 흥얼거렸다. 그리고 백을 들고 집을 나섰다. 지하철은 평소 월요일과 마찬가지로 혼잡했다. 그녀는 사람들에게 몸이 치이는 것보다 백이 구겨지는 게 더 신경 쓰였다. 백화점이 있는 역에 내리자마자 백을 매만졌다. 라커룸까지 걸어가는 발걸음이 가벼웠다. 하지만 일하는 동안 백과 헤어져 있는 건 싫었다. 그녀는 옷을 갈아입으면서도 백에서 눈을 떼지 못했다. "난희씨!" 멀리서 매니저가 그녀를 부르며 다가왔다. 그녀는 매니저가 결혼식에 관해 물을까 봐 고개를 숙였다. 매니저는 브래지어에 스커트 차림이었다. 스커트 위로 오래 써서 닳아버린 수세미처럼 쭈글쭈글한 뱃살이 늘어져 있었다. 매니저는 옷을 갈아입을 때마다 손으로 뱃살을 잡아당기며 아기를 낳아서 이 모양이 되었다며 한탄했다. 그녀는 묵묵히 블라우스의 단추를 하나씩 끼웠다. 매니저가 그녀의 백을 보더니 손잡이를 잡고 외쳤다. "어머, 이게 뭐야?" 매니저의 호들갑에 옷을 갈아입던 동료들이 돌아보았다. 그녀는 새어 나오는 미소를 참으며 블라우스 위에 유니폼 조끼를 입었다. 매니저가 다시 말했다. "자기 재주 있네. 이런 특A급 파는 데를 다 알고. 좋은 건 공유하는 거야. 어디서 샀어?" 동료들도 한마디씩 했다. "정말 진짜 같다. 잘 샀네." "예쁘다. 진짜 같은데?" "진짜는. 진짜가 얼만데." "못 사리라는 법은 없지, 우리 월급 두 달 모으면 사나?" "석 달은 모아야지." 매니저가 그녀에게 눈을 찡긋하며 말했다. "이거 나한테 팔아. 그냥 주면 더 좋고." 순간 그녀가 백을 낚아챘다. 매니저가 뒤로 물러섰다. 브래지어 속을 채우고 있는 물렁물렁한 젖가슴과 늘어진 뱃살이 출렁거렸다. 그녀는 백을 들고 뛰쳐나갔다. 영업 시작 전이어서 어둑한 백화점 내부를 가로질렀다. 그녀는 조금도 주춤거리지 않고 질주했다. 그녀를 부르던 목소리는 백화점에서 벗어나자 사라졌다. 백화점은 번화가에 있었다. 그녀는 아무 생각 없이 뛰었다. 다리가 후들거려 멈출 수밖에 없을 때까지 달렸다. 화장품 매장 매니저는 아버지 여자의 친구였다. 매니저가 아버지 여자에게 뭐라고 말할지 걱정이 되었다. 하지만 그녀에게는 잘못이 없었다. 잘못은 매니저와 동료들에게 있었다. 진짜와 가짜를 구별하지도 못하는 사람들에게. 그녀는 허리를 구부리고 숨을 몰아쉬었다. 잠시 뒤 호흡이 편안해지자 발길 닿는 대로 걸었다. 번화가의 사람들 속에 섞여들자 마음이 편해졌다. 그녀는 종종 루이비통 백을 멘 여자들과 마주쳤다. 그중 한 명이 친구와 수다를 떨며 걸었다. 여자들은 신나게 웃으며 액세서리 가게로 들어갔다. 그녀도 뒤따라갔다. 가게에는 집시의 방처럼 갖가지 액세서리가 주렁주렁 매달려 있었다. 오묘한 빛깔의 원석들과 반짝거리는 금빛 은빛 장신구들, 그리고 귀여운 머리핀이 가득했다. 점원은 마음에 들면 착용해보라고 말했다. 그녀는 하늘색 원석 목걸이를 목에 걸었다. 거울 앞에 서자 백화점 유니폼이 눈에 들어왔다. 그녀는 어이가 없어서 거울에 비친 유니폼을 바라보다가 두 여자를 놓쳤다. 언제 나갔는지 알 수 없었다. 황급히 목걸이를 풀고 밖으로 나갔지만, 찾을 수 없었다. 그녀는 멍하니 서 있다가 엄마와 딸처럼 보이는 여자들이 팔짱을 낀 채 걸어가는 걸 보았다. 모녀는 아이스크림 가게로 들어갔다. 그녀는 따라갈까 하다가 포기하고 고개를 돌렸다. 흰색 벤츠가 다가와 멈췄다. 벤츠에서 흰색 스키니진을 입은 여자가 내렸다. 여자는 핑크색 오프숄더 블라우스를 입었는데, 어깨에서 프릴이 부드럽게 물결쳤다. 긴 생머리는 끝부분만 파란색으로 염색되어 있었다. 만화영화에서 튀어나온 것처럼 눈이 크고, 입술이 도톰했다. 그런데 여자가 그녀와 같은 루이비통 모노그램 멀티컬러 알마 백을 들고 있었다. 백과 여자는 완벽하게 어울렸다. 그녀는 돌아서며 얼굴을 찌푸렸다. 다시 왼쪽 머리가 조여왔다. 큰길로 나가서 택시에 탄 다음 두통약을 입에 넣고 수첩에 '-1'을 적었다. 하나가 아니라 한 줄을 적었다. 한 줄을 적고도 부족한 것 같아서 몇 개 더 적었다. 다시는 '-1'을 적지 않을 거로 생각한 지난밤을 떠올리자 코웃음이 나왔다. 마침표라니 말도 안 되는 생각이었다. 그녀는 집에 도착해서 두통약을 한 알 더 삼키고 거울로 갔다. 거울 앞에 서자마자 백화점 유니폼을 벗고, 목과 소매에 프릴이 달린 핑크색 블라우스를 입었다. 그리고 백을 들었다. 어딘지 어울리지 않았다. 그래서 청바지를 벗고, 흰색 미니스커트를 입었다. 역시 어울리지 않았다. 핑크색 블라우스를 벗고 연두색 피케셔츠를 입었다. 역시 어울리지 않았다. 피케셔츠를 벗고, 'A U OK?'라고 적힌 붉은색 티셔츠를 입었다. 역시 어울리지 않았다. 흰색 미니스커트를 벗고, 검은색 스키니진을 입었다. 역시 어울리지 않았다. 붉은색 티셔츠를 벗고, 꽃무늬 남방을 입었다. 역시 어울리지 않았다. 그녀는 옷을 전부 다 벗었다. 벌거벗은 채 백을 끌어안고 낡은 수첩을 펼쳤다. 몇 개의 '-1'을 더 적고, 텔레비전을 틀었다. 남자 개그맨 여섯 명이 바나나 한 개를 먹으려고 서로 다투고 있었다. 그들은 바나나를 먹기 위해 달리고, 몸싸움을 했다. 입을 크게 벌려 혀를 날름거렸다. 심지어 다른 사람의 입에 있는 것도 손으로 꺼내 먹었다. 그녀는 그걸 보며 지난 24시간 동안 아무것도 먹지 않은 걸 자각했다. 그 정도 굶은 건 자주 있는 일이었다. 그녀는 주방에 사다 둔 라면을 떠올렸지만, 귀찮았다. 다른 생각을 하는 게 나을 것 같았다. 백화점에서 본 아름다운 것들. 샤넬의 트위드 재킷과 캐비어 클래식 점보 백, 마놀로 블라닉의 브라운 스웨이드 토오픈 펌프스, 버버리의 트렌치코트와 랩스커트, 질스튜어트의 체크 벌룬 원피스와 튜브 톱 원피스, 오메가의 아쿠아 테라 쿼츠 시계, 페라가모의 바리나 구두, 스와로브스키의 플라워 실버 귀걸이, 불가리의 콰드라토 848 선글라스, 구찌의 멀티컬러 스트라이프 니트 드레스, 프라다의 스팽글 볼 귀걸이 등등. 모두 다 루이비통 모노그램 멀티컬러 알마 백과 어울릴 만한 것들이었다. 그녀는 머릿속에서 이것저것 매치해보았다.

*

그 주 토요일에 그녀는 지난주의 그 예식장에 갔다. 2층은 여전히 혼잡했다. 모든 게 일주일 전과 비슷했다. 그러나 돈 봉투가 들어 있는 쇼핑백을 건네는 사람은 없었다. 그녀는 한 시간 넘게 서 있다가 벤치로 갔다. 두통약을 삼키고, 수첩에 '-1'을 적었다. 그리고 계단으로 가려다가 폐백실로 이어지는 텅 빈 복도를 보았다. 지난주에 잠시 들렀던 폐백실. 그녀는 서둘러 복도로 걸어 들어갔다. 그녀의 기억대로 폐백실 앞에는 여전히 쇼핑백과 가방들이 쌓여 있었다. 그녀는 그중에서 흰 봉투가 들어 있는 쇼핑백을 루이비통 백에 쑤셔 넣고 황급히 돌아섰다. 계단을 내려가고, 지하철까지 가는 내내 누군가 어깨에 손을 올리거나 "도둑년아!" 하고 소리를 지를 것 같았다. 지하철을 타고 나서도 몇 번이나 객차 안을 돌아보았다. 백화점에 도착할 때까지 마음이 놓이지 않았다. 예상대로 흰 봉투 안에는 돈이 있었다. 153만 원이었다. 그녀는 구찌의 멀티컬러 스트라이프 니트 드레스를 샀다. 남는 돈으로 스와로브스키 크리스털 귀걸이도 샀다. 집에 가서 수첩에 '+1'을 두 개 적었다. '-1'이 아닌 '+1'을 적게 되어 기뻤다. 그날 밤, 그녀는 피시방에 가서 서울에 있는 구(區)의 개수를 조사했다. 서울에는 스물다섯 개의 구가 있었다. 그녀는 스물다섯 개의 구에 있는 예식장 위치를 확인했다. 그리고 그다음 주에 강남구 예식장을 돌았다. 스물두 개의 예식장 중에서 여섯 군데에 들러 530만 원을 훔쳤다. 그 돈으로 마크제이콥스의 스트로베리 아이콘 레이스 드레스와 프라다의 사피아노 가죽 크리스털 팔찌와 루이비통의 인디언 리넨 드레스를 샀다. 다음 날에는 용산구에 있는 열여섯 개의 예식장 중 여덟 군데에 들러 티파니의 피어싱 하트 목걸이와 샤넬의 캐비어 클래식 점보 핸드백을 샀다. 주말마다 그녀는 예식장을 돌아다니고 쇼핑했다. '+1'의 나날이었다. 잠을 잘 수 없는 것만 빼면 나쁠 게 없었다. 그녀는 항상 해오던 대로 밤에는 텔레비전을 보고, 낮에 잤다. 그런데 꿈에서 칼을 든 누군가에게 쫓기고, 마스크를 쓴 채 감옥에 갇혔다. 사람들이 손가락질하며 비웃고, 아이들이 돌을 던졌다. 도무지 잠을 잘 수 없었다. 며칠씩 잠을 못 자니 두통이 찾아왔다. 이전의 두통과는 비교할 수 없을 정도로 통증이 심했다. 두통이 아니라 다른 말이 필요한 게 아닌가 싶었다. 벼락처럼 머릿속이 번쩍거리고, 둔기로 후려치는 것처럼 욱신거렸다. 구역질이 나기도 했다. 집에 남은 두통약은 모두 먹어치웠다. 그녀는 약국으로 들어갔다. 온종일 송파구에 있는 예식장을 돌고, 에트로와 구찌에서 쇼핑했다. 그녀는 머리에 불가리 콰드라토 848 선글라스를 얹고, 버버리의 체크무늬 원피스를 입고, 오메가의 아쿠아 테라 쿼츠 시계를 차고, 셀린느의 골드 장식 뮬을 신었다. 컴퓨터를 하던 남자 약사가 일어나 물었다. "무엇을 드릴까요?" 남자 약사는 그녀를 알아보지 못했다. 거의 3주간 약국에 오지 않았지만, 그녀는 서운했다. "두통약 주세요." "머리가 아프세요? 한쪽만 아프세요, 아니면 전체가 아프세요?" "한쪽만, 아니 전체요. 한쪽이 아프기 시작해서 전체가 아파요. 너무 아파요. 얼른 보라색 두통약을 주세요." 남자 약사가 두통약을 내밀었다. 그녀는 열 상자를 더 달라고 말한 다음 두통약 두 정을 입에 넣고 정수기로 돌아섰다. 그때 남자 약사가 말했다. "아! 두통약 아가씨!" 그녀는 물을 마시다 사레들릴 뻔했다. 약을 삼키고 표정을 가다듬은 다음 돌아서서 인사했다. 남자 약사가 말했다. "오랜만이네요." 그녀는 남자 약사가 꺼내놓은 두통약을 챙겼다. 남자 약사가 말을 이었다. "요즘 안 오기에 다 나은 줄 알았어요. 내가 말했잖아요. 잘 먹어야 안 아프다고. 쇼핑이 아니라 뭔가 먹어야 한다고. 다이어트를 더 한 거예요? 더 말랐네. 이제 그만해요." 그녀는 왈칵 눈물이 쏟아지려는 걸 참았다. 남자 약사에게 고맙다고 말해야 하나 망설이며 지갑에서 돈을 꺼내려는데, 남자 약사가 녹색 상자를 내밀었다. 번들거리는 초록색 포장지 위에 검은색 나선이 그려져 있었다. 그 옆에 아미노산 18종, 비타민 12종, 미네랄 23종이라고 적혀 있었다. "이거 한번 먹어봐요. 아가씨 같은 사람에게 꼭 필요한 것들이 들어 있어요. 이걸 먹으면 밥맛이 돌아올 거예요." 그녀는 고개를 끄덕였다. 남자 약사는 핑크색 상자도 꺼냈다. "이건 빈혈

약이에요. 여자는 빈혈약을 먹어야 해요. 이걸 먹으면 머리 아픈 게 나아질 겁니다." 그녀는 다시 고개를 끄덕였다. 남자 약사는 다른 상자를 내밀었다. "흡수가 안 되어서 그런 걸 수도 있으니까 유산균 생균 제제와 태반 엑기스도 마셔요. 면역을 올리면 몸이 건강해집니다. 맥주 효모도 좀 먹고요." 그녀는 남자 약사가 권하는 것을 전부 다 샀다. 양손에 쇼핑백과 약이 든 봉지를 들고 집으로 향했다. 현관문을 열자 페라가모 바리나 구두와 마놀로 블라닉의 브라운 스웨이드 토오픈 펌프스가 밀려 나왔다. 그녀는 그 구두들을 발로 밟고 서서 셀린느의 뮬을 벗었다. 거실은 그녀가 이제까지 사들인 값비싼 옷과 백과 쇼핑백으로 어수선했다. 곳곳에 널려 있는 쇼핑백은 하늘을 향해 우우우, 야유하고 있는 것처럼 보였다. 그녀는 들고 온 쇼핑백과 약봉지를 현관에 내려놓고, 거실 가운데 깔아둔 이불로 갔다. 이불 위에 앉아 리모컨으로 텔레비전을 틀었다. 텔레비전을 보며 입고 있던 옷을 벗고, 이불 속으로 들어갔다. 텔레비전에서 낯익은 드라마가 흘러나왔다. 한 여자가 며느리였다가 시어머니가 되고, 두 남자에게 사랑을 받고 있었다. 부자는 망하고, 가난한 여자는 사랑이 충만해졌다. 하지만 또다시 시련이 찾아오고 있었다. 그 드라마는 매회 슬펐다. 그녀는 드라마를 힐금거리며 수첩에 '+1'을 적었다. 특별한 규칙은 없었다. 쇼핑하고 돌아오면 내키는 대로 '+1'을 적었다. 수첩을 채우고 있는 '+1'은 카펫 무늬 같기도 하고, 창문 같기도 하고, 쇠창살 같기도 했다. 문득, 그녀는 지금의 기분이 '+1'이 아니라 '-1'에 가까운지도 모른다고 생각했다. 그러나 쇼핑을 하고 와서 '-1'을 적기는 싫었다. 그녀는 수첩을 내려놓고 텔레비전을 보았다. 보던 드라마가 끝나고 광고들이 이어졌다. 아웃도어 제품 광고와 밥솥 광고에 이어서 라면 광고가 나왔다. 맛있게 라면을 먹는 뚱뚱한 개그맨을 보고 있으니 그녀도 라면이 먹고 싶었다. 지난 사흘 동안 아무것도 먹지 못했다. 그녀는 주방으로 가려다가 몸을 돌렸다. 현관에 약국에서 사 온 약 상자가 있었다. 그녀는 비닐을 헤치고 초록색 상자를 꺼냈다. 금빛 뚜껑이 달린 투명한 큰 병에 동그란 갈색 알약이 가득 들어 있었다. 알약이 누룽지처럼 구수했다. 그녀는 알약 몇 개를 손에 덜어 입에 넣었다. 맛이 좋아서 몇 번 더 먹었다. 그리고 흰색 상자 안에 들어 있는 복숭아와 자두 향이 나는 유산균을 입에 털어 넣었다. 건강해지는 기분이었다. 왠지 잠도 잘 올 것 같았다. 그래서 구수한 알약을 몇 번 더 먹고, 유산균 제제도 먹었다. 위장이 꿈틀거렸다. 며칠 굶고 갑자기 무언가 먹으면 속이 좋지 않았다. 목이 말랐다. 그녀는 태반 엑기스를 꺼냈다. 태반 상자는 금빛으로 번쩍거렸다. 엑기스의 뚜껑도 금빛이었다. 금빛 뚜껑을 제거하자 비린내가 풍겼다. 철분제도 비리기는 마찬가지였다. 하지만 집에 마실 거라고는 그거밖에 없었다. 엑기스와 빈혈약을 대여섯 병 마셔도 갈증이 풀리지 않았다. 그래서 서너 병 더 마시자 속에서 피 냄새가 솟구쳐 올라왔다. 동시에 위장이 격렬하게 요동쳤다. 그녀는 벌떡 일어났지만, 화장실에 도착하기 전에 토했다. 검붉은 토사물에서 시큼한 냄새가 퍼졌다. 그녀는 그 냄새에 다시 속이 울렁거려서 손에 잡히는 거로 토사물을 덮었다. 덮고 나서 보니 발렌시아가 모터사이클 백이었다. 그녀는 그 위에 에르메스 스카프를 얹었다. 크기와 모양과 형태가 다른 파스텔 톤 원들이 톱니처럼 맞물려 있는 스카프였다. 그녀는 그 스카프 위에 샤넬 캐비어 클래식 점보 핸드백을 하나 더 포개고 이불로 돌아갔다. 이불에 누워서 드라마를 보았다. 재벌 3세 다섯 명에게 사랑을 받는 여자의 이야기였다. 그녀는 채널을 다른 데로 돌리고 싶어서 리모컨을 찾아 주위를 더듬었다. 리모컨이 보이질 않아서 상체를 일으켰다. 그리고 주위를 둘러보았다. 문득 거실의 풍경이 오래전 어머니와 함께 생활하던 때와 다를 바 없다는 생각이 들었다. 그때 거실에는 바퀴 없는 자전거, 액정이 부서진 모니터, 버튼이 고장 난 선풍기, 수화기가 없는 전화기, 한쪽 다리가 짧은 의자, 짝짝이 신발과 장갑들, 손잡이가 사라져서 열 수 없는 서랍장, 텅 빈 화분, 부서진 로봇이나 인형들, 찢어진 스피커 등이 있었다. 하지만 지금은 샤넬의 트위드 재킷, 캐비어 클래식 점보 백, 마놀로 블라닉의 브라운 스웨이드 토오픈 펌프스, 버버리의 트렌치코트와 랩스커트, 질스튜어트의 체크 벌룬 원피스와 튜브 톱 원피스, 오메가의 아쿠아 테라 쿼츠 시계, 페라가모의 바리나 구두, 스와로브스키의 플라워 실버 귀걸이, 불가리의 콰드라토 848 선글라스,

구찌의 멀티컬러 스트라이프 니트 드레스, 프라다의 스팽글 볼 귀걸이 등으로 채워져 있었다. 아버지는 이걸 보면 뭐라고 할까. 그녀는 이 모든 것을 수첩에 적어야겠다고 생각했다. 이건 아버지에게 보내는 긴 편지였다. 제일 첫 줄은 루이비통 모노그램 멀티 컬러 알마 백으로 해야 할 것이었다.

블루 테일

침대에서 일어난 여자가 숱이 많은 머리카락을 묶으며 주방으로 나갔다. 냉장고 문을 열자 밝은 빛이 퍼져 나왔다. 여자는 빛을 마주하고 서서 된장, 멜론, 치즈, 토마토, 피클 등을 바라보았다. 잠시 뒤 냉장고에서 경고음이 울렸다. 여자는 문을 닫고 돌아섰다. 거실 바닥에 고무 수갑, 굴착기, 버스, 스파이더맨, 택시, 헬리콥터 등이 널브러져 있었다. 여자는 그것들을 장난감통에 넣고, 소파에 거꾸로 박힌 리모컨을 빼내고, 납작해진 쿠션들을 정리했다. 어느덧 새벽 2시였다. 쌍둥이 형제인 호영과 민영은 남편이 출장으로 집을 비우자 자정 너머까지 잠을 안 자고 설쳐댔다. 여자는 쌍둥이를 쫓아다니느라 녹초가 되었다. 침대에 누우면 금방 잠들 수 있을 줄 알았는데, 시간이 지날수록 정신이 또렷해졌다. 여자는 기지개를 켜며 베란다로 다가갔다. 베란다 유리창 너머로 왕복 8차선 도로가 보였다. 도로는 아파트 앞에서 급하게 휘어져 야트막한 산을 돌아 먼 곳으로 사라졌다. 자동차 불빛이 간간이 이어지고 있었다.

여자는 이 아파트가 처음부터 마음에 들지 않았다. 도로와 마주하고 있으니 자동차 소리로 시끄러울 게 뻔하고 북서향이어서 온종일 해가 들지 않았다. 부동산 업자는 배산임수와 출세가도를 운운하며 남편을 설득했다. 아파트 단지 뒤로 야트막한 산이 있고, 좀 떨어진 곳에 하천이 있었다. 남편은 정리해고되었다가 재취업한 터라 부동산 업자의 말에 넘어갔다. 아파트는 여자의 예상대로였다. 언제나 자동차 소리가 들려오고, 해가 들지 않아서 빨래가 더디게 말랐다. 게다가 아파트 앞 커브 길에서 자동차 사고가 수시로 일어났다. 사고가 나면 쌍둥이가 제일 먼저 베란다로 달려갔다. 쌍둥이는 난간에 매달려 소리를 질렀다. 머리가 터졌어! 바보야! 심장이 터진 거야! 피다! 피다! 피다! 쌍둥이를 제어할 수 있는 건 남편뿐이었다. 남편은 쌍둥이를 한쪽 팔에 한 명씩 안고서 빙빙 돌았다. 쌍둥이가 가장 좋아하는 놀이였다. 쌍둥이는 웃느라 사고를 잊었다. 하지만 여자에게 쌍둥이는 너무 무거웠다. 여자는 남편이 출장에서 돌아올 때까지 사고가 일어나지 않기만을 바라며 베란다에서 물러났다.

한동안 거실과 주방을 서성이던 여자는 와인과 치즈를 챙겨서 안방으로 들어갔다. 와인은 회사 동료 김에게 선물로 받은 것이었다. 여자와 김은 입사 동기이자 친구였다. 엘리베이터 회사라 여직원이 드문 데다 둘은 성격이 잘 맞았다. 김은 몇 달 전 뉴질랜드로 출장을 다녀오면서 와인을 한 병 사다주었다. 블루 테일(blue tail)이라는 와인 이름 아래로 길고 두툼한 꼬리를 늘어뜨린 파란 캥거루가 그려져 있었다. 캥거루의 앞주머니에서 새끼 두 마리가 고개를 내밀고 있었다. 김은 새끼 캥거루를 손톱으로 톡톡 두드리며 쌍둥이가 생각나서 샀다고 말했다. 이상하게도 여자는 그 말을 들으며 6년 전 임신 기간을 떠올렸다. 임신 5개월까지 입덧 때문에 식사를 제대로 못 하고, 허리가 뻐근하게 아파서 잠도 못 자고, 신장이 안 좋아져서 온몸이 퉁퉁 부었었다. 게다가 임신 기간 내내 허벅지에서 발등까지 이어지는 혈관이 푸르게 두드러지다가 산달에 터져서 출산 뒤에 수술을 받았다.

여자는 블루 테일을 와인잔에 따랐다. 검은빛이 도는 보랏빛 와인을 한 모금 마시고, 치즈 상자를 열었다. 상자에 네 가지 색깔의 치즈가 들어 있었다. 갈색, 빨간색, 파란색, 노란색. 갈색 치즈는 초콜릿 향이 가미되어 있었다. 초콜릿 향은 치즈와 어울리지 않았다. 여자는 초콜릿 향 치즈를 삼키고, 빨간색 치즈의 포장을 벗겼다. 빨간색 치즈는 바닐라 향이었다. 바닐라 향은 치즈보다 아이스크림에 더 어울릴 듯했다.

파란색 치즈의 포장을 벗기는데, 멀리서 닭이 울었다. 여자는 고개를 돌려 창문을 보았다. 창문은 반들거리는 검은 종이와 같았다. 여자는 검은 종이 속에서 무엇을 찾으려는 듯 뚫어지게 쳐다보았다. 아파트 앞은 왕복 8차선 도로이고, 뒤쪽은 아파트 단지였다. 여자의 아파트는 11층이고, 실내에서 동물을 키우는 것은 금지사항이었다. 여자의 생각이 두서없이 이어졌다. 인간도 동물이다. 아파트에서 동물이 살 수 없으면, 인간도 살 수 없다. 그렇다면 아파트에서 무엇이 살아야 할까. 또다시 닭이 울었다. 화답하듯 개가 큰 소리로 두어 번 짖었다.

그리고 정적이 이어졌다. 여자는 기다리고 기다렸다. 아무리 기다려도 닭도 개도 울지 않았다. 아까 들려온 소리가 맞는 건지 의심스러웠다. 분명히 들은 것 같은데, 아닐지도 모른다는 생각이 들었다. 여자는 머리가 이상해지는 기분이었다.

망설이다가 노트북 컴퓨터를 켰다. 와인을 한 모금 마시고 검색창에 블루 테일, 이라고 적었다. 금세 화면에 여러 가지 결과들이 펼쳐졌다. 여자는 그중에서 '生을 사랑하는 사람, 데이비드 유'의 블로그로 들어갔다. 데이비드 유는 드래곤 트리, 더 초콜릿 블록, 앤젤스 셰어 등 각종 와인에 대해 자세히 설명해놓고 있었다. 블루 테일은 제일 마지막에 등장했다. 국내에서 구하기 힘든 와인으로 단맛과 떫은맛의 조화가 수준급이라는 평가였다. 여자는 와인을 마시며 블루 테일의 유래를 읽었다. 호주 근해에 테시오라는 섬이 있었다. 섬사람들은 대부분 포도농장을 경영했다. 그런데 어느 해부터인가 수확하는 시기에 포도 열매가 갈색으로 변하는 상열병이 돌았다. 농민들은 수확한 포도의 반 이상을 버렸다. 그러던 중 주민 한 사람이 집에서 마시려고 병든 포도로 와인을 만들었다. 그게 맛이 좋아서 상품화되었다. 요즘은 상열병을 전파하는 흐헤호 초파리를 수확기에 일부러 풀어놓았다. 원래 블루 테일은 상열병에 걸려 버려진 포도밭을 일컫는 말이었다. 드넓은 포도밭에 버려진 길고 긴 포도 줄기.

목이 말라서 여자는 주방으로 나갔다. 정수기에서 물을 받아 연거푸 마시고, 유리잔을 채워서 안방으로 가지고 갔다. 잠시 침대를 바라보았지만 잠이 올 것 같지 않았다. 여자는 컴퓨터 앞에 앉아 포털 사이트의 뉴스를 훑어보았다. '아들이 무서워서 집에 못 가요' '올여름 사상 최고의 더위' '애인이 죽여달라기에' '푹 잤는데도 뻐근, 콧속이 문제다' 등등. 여자는 '애인이 죽여달라기에'를 열어보았다. 사귀던 애인이 술에 취해 죽여달라기에 술김에 차도로 밀었다는 내용. 다음 날 술에서 깬 남자는 CCTV를 통해 모든 상황을 알게 되고, 애인이 죽었다는 소식에 놀라서 절규하다가 의식을 잃었다. 남자는 8일째 의식불명이었다.

포털 사이트의 기사들을 여자는 빼놓지 않고 읽었다. 그리고 배너 광고도 살펴보았다. 현란하게 반짝거리는 배너 광고는 미지의 세계로 통하는 작은 문 같았다. 여자는 반짝이는 수십 개의 광고 중에서 '아름다운 밤'을 골랐다. '아름다운 밤'을 클릭하자 수많은 창이 한꺼번에 쏟아졌다. 정신없이 열리는 가로로 긴 창 속에서 벌거벗은 남녀가 섹스를 하고 있었다. 폭죽처럼 신음이 이어졌다. 여자는 창을 닫으려고 마우스를 부지런히 움직였다. 하지만 창은 닫으면 열리고 다시 닫아도 또 열렸다. 그 과정을 몇 번이나 반복하고 나서야 간신히 벗어날 수 있었다. 그리고 그제야 섹스 장면을 보고 사춘기 소녀처럼 당황한 게 떠올라 웃었다. 하지만 폭포처럼 쏟아지는 살색의 창들을 한 번 더 마주하고 싶지 않았다. 여자는 '엣지의 완성'을 클릭했다. '엣지의 완성'은 이미 가입한 쇼핑몰로 연결되었다.

새벽 5시까지 여자는 쇼핑을 했다. 낙타 뱅글과 산호 목걸이와 비치 원피스를 골라서 위시 리스트에 담고, 아동복 카테고리로 들어갔다. 쌍둥이 옷을 고르는데, 휴대폰이 울렸다. 남편이었다. 그런데 여자가 받자마자 연결이 끊어졌다. 여자는 남편에게 전화를 걸었다. 휴대폰이 꺼져 있다는 안내음이 들려왔다. 여자는 두 번 더 남편에게 전화를 걸었다. 남편은 전화를 받지 않았다. 여자는 최근 통화 목록을 열었다. 분명히 5분 전에 남편이 전화를 했었다. 3분 45초 전, 3분 전 그리고 1분 50초 전에 여자가 전화를 걸었다.

여자는 마음을 가볍게 가지기로 했다. 남편은 성인이고, 필요하면 다시 전화할 것이었다. 그런데 남편의 전화번호 아래 모르는 번호가 있었다. 전화가 걸려온 시간은 낮 2시였다. 여자는 온종일 쌍둥이에게 시달리느라 까맣게 잊고 있었다. 대학 시절 어울리던 친구 래인과의 통화. 래인은 메이크업 동아리 동기였다. 학교에 다닐 때에는 자주 어울렸는데, 졸업하고 나서 연락이 뜸해졌다. 그러다 이삼 년 전 한 친구에게서 래인이 강남 빌딩 부자의 애인으로 지낸다는 소식을 전해 들었다. 여자는 믿을 수 없었다. 래인은 자존심이 강하고 자신만만한 스타일이었다. 낮에 통화할 때에도 그 성격이 그대로 드러났다. 칠팔 년 만의 통화인데도 스스럼없이 인사를 하더니 쌍둥이의 안부를 물었다. 여자는 래인이 쌍둥이를 아는 게 신기했다. 래인은 페이스북에서 보았다고 말했다. 그러더니 대뜸 집으로 놀러 가도 되느냐고 물었다. 갑작스러운 제안에 여자의 머릿속이 돈, 보증, 보험 같은 것들로 복잡해졌다. 래인은 여자의 마음을 짐작이라도 하듯 해외로 이민을 가게 되어서 친구들을 찾아보는 중이라고 덧붙였다. 여자는 미안한 마음에 선뜻 집 주소를 불러주었다. 그러자 래인의 입에서 메이크업 동아리 친구들의 이름이 흘러나왔다. 명화는 카드 회사에서 증권사로 옮겼고, 승연은 외제차 회사에서 일하며, 현정은 뉴질랜드로 신혼여행을 다녀왔다고.

현정은 여자의 페이스북 친구였다. 현정은 여행을 좋아해서 페이스북을 활발하게 업데이트했다. 여자는 친정어머니와 시어머니에게 쌍둥이 사진을 보여주려고 시작했는데, 회사에 복직하고 나서 업데이트를 거의 못 했다. 여자는 페이스북에 로그인했다. 현정은 뉴질랜드를 비롯해 동유럽, 서유럽, 몰디브, 이집트, 인도, 홍콩 등의 여행지를 업데이트해놓았다. 여자는 그중에서 몰디브를 클릭했다. 몰디브는 여자가 신혼여행으로 가려고 했던 곳이었다. 하지만 배 속에 쌍둥이가 생겨서 포기했었다. 여자와 남편은 근교 온천으로 신혼여행을 갔다. 여자는 여행 기간 내내 짜증을 부렸다. 그러지 않으려고 해도 어쩔 수 없었다. 결국, 그들은 3박 4일의 일정을 다 채우지 못하고 돌아왔다. 얼마 전, 여자의 남편은 신혼여행 갔던 온천 지역으로 출장을 다녀왔다. 출장에서 돌아온 남편은 신혼여행 때 묵었던 호텔이 망했다고 전해주었다. 남편은 휴대폰으로 사진을 찍어왔다. 사진 속 호텔은 버려진 개처럼 더럽고 슬퍼 보였다.

여자는 단단한 검은색이던 유리창이 연한 잿빛으로 바뀔 때까지 휴양지 사진에서 헤어나지 못했다. 몰디브뿐 아니라 괌, 푸껫, 코니카발루까지. 그 모든 곳을 다 살펴보고 나니 7시가 넘었다. 여자는 기지개를 켜고, 하품을 하고, 허리를 돌리고, 컴퓨터를 끄고, 와인의 코르크 마개를 닫았다. 아파트 앞 왕복 8차선 도로를 달리는 자동차 소리가 제법 크게 들려왔다. 여자는 커튼을 치고 침대로 갔다. 등과 허리가 쑤시고, 입에서 와인 냄새가 났다. 침대에 누워 이불을 목까지 끌어당겼다. 그때 휴대폰이 울렸다. 수화기 너머에서 남편이 말했다. 콩나물국 끓이는 법 좀 알려줘. 여자는 눈을 감은 채 지난밤의 전화에 관해 물었다. 남편은 배터리가 얼마 없었다고 대답했다. 그러더니 초조한 목소리로 덧붙였다. 포커에서 졌는데 아침 식사를 해야 해. 사장님도 먹을 거래. 잠에 취한 여자는 대답을 못 했다. 남편이 목소리를 높였다. 당신 자? 여자가 놀라서 몸을 일으켰다. 남편이 다그쳤다. 사장님이 먹는다니까. 어서 콩나물국 끓이는 법을 말해줘!

대충 설명을 해주고 여자는 눈을 감았다. 하품을 하며 이불을 당기는데 민영이 안방 문을 열고 들어와 여자의 품으로 파고들었다. 여자는 민영을 보듬어 안았다. 민영은 쌍둥이 중 동생으로 눈썹이 진하고 입가에 날개를 활짝 편 새 모양의 흉터가 있었다. 민영은 여자의 목을 만지며 자는 습관이 있었다. 여자는 민영의 작은 손이 목을 덮는 것을 느꼈다. 여자와 민영은 함께 잠으로 녹아 들어갔다. 그런데 사이렌이 울렸다. 쓰레기 수거를 알리는 사이렌이 여자의 의식을 들쑤셨다. 여자는 호영이 잠에서 깨지 않기를 바랐다. 쌍둥이는 혼자일 때에는 조용하지만 둘이 되면 가만히 있지 못했다. 하지만 잠시 뒤 잠에서 깬 호영이 안방으로 달려와 침대로 뛰어들었다. 민영과 호영이 손을 맞잡고 침대 위에서 방방 뛰었다. 여자는 손목에 끼워둔 밴드로 머리카락을 묶으며 흔들리는 침대에서 벗어났다. 그리고 쌍둥이를 한 명씩 안아서 바닥으로 내려놓았다. 민영이 여자를 물끄러미 보았다. 여자가 왜? 하고 묻자, 손가락으로 여자를 가리키며 엄마, 혀가 보라색이야! 보라색! 보라색! 하고 외쳤다. 호영도 덩달아 보라색! 보라색! 하고 소리를 질렀다. 여자는 화장대로 가서 혓바닥을 내밀었다. 와인 때문인지 거울에 비친 혀가 검보라색이었다.

주방으로 나간 여자가 냄비에 김치를 넣고 물을 부었다. 또다시 남편에게 전화가 왔다. 남편의 목소리가 심각했다. 콩나물 다 볶았어. 고춧가루를 넣고 물을 붓는 거야, 물을 붓고 고춧가루를 넣는 거야? 아무렇게나 해도 되지만 여자는 물을 붓고 끓으면 고춧가루를 넣으라고 말했다. 남편이 오케이, 하고 말한 뒤 전화를 끊었다. 여자는 웃음이 나오려고 해서 물을 한잔 마셨다. 실직한 뒤 새까맣게 마르던 남편의 얼굴이 눈앞에 어른거려 웃을 수 없었다. 남편은 3개월의 구직 기간 동안 몸무게가 15킬로그램 이상 빠졌고, 잠을 자기 위해서 수면제를 먹어야 했다. 재취업을 하고 나서 남편은 그녀가 시키지도 않았는데 새로 들어가는 직장에서 퇴직할 때까지 버티겠다고 약속했다.

여자는 찬장을 열었다. 작고 새파란 스팸 캔이 두 줄로 나란히 쌓여 있었다. 여자는 언제부터인가 스팸을 보면 어떤 다큐멘터리의 내용이 떠올라 곤혹스러웠다. 오래전 배를 타고 나간 선원들이 통조림을 먹고 연명하다가 납중독으로 죽었다는 이야기. 혹은, 납중독이 아니라 다른 병일 수도 있었다. 병의 원인이 정확하게 기억나지 않았다. 어쩌면 직접 다큐멘터리를 본 게 아닐지도 모른다는 생각마저 들었다. 그저 그런 정보가 머릿속에 박혀서 스팸을 먹으려고 할 때마다 경고음처럼 울렸다. 여자는 기름을 두른 프라이팬에 얇게 썬 스팸을 내려놓으며 계란말이를 할 걸 그랬다고 후회했다. 하지만 어디에선가 닭에게 항생제를 엄청나게 먹인다는 기사를 읽은 것 같았다. 인터넷인지 신문인지 모르지만, 이번 것은 직접 읽은 게 확실했다.

김치찌개와 스팸 구이가 차려진 식탁에 쌍둥이가 마주 앉았다. 쌍둥이는 유독 식탁에서 거울에 비친 것처럼 행동했다. 동시에 숟가락을 입으로 가져가고, 물을 마시고, 같은 반찬을 먹었다. 여자는 장난인 걸 알면서도 볼 때마다 마음 한구석이 불편해지곤 했다. 하지만 쌍둥이는 하지 말라고 하면 더 했다. 여자는 몸을 돌려 가스레인지에 물을 올렸다. 입이 텁텁해서 라면이 먹고 싶었다. 라면을 꺼내놓고, 음식물 쓰레기통을 들었다. 음식물 쓰레기통 주위로 날파리가 날아다니고 있었다. 물이 끓는 동안 비우고 오면 될 것 같았다. 쌍둥이는 음식물 쓰레기통을 들고 나가는 여자를 힐긋 쳐다보았다. 엘리베이터를 기다리는데, 래인에게 전화가 왔다. 래인은 한 시간 뒤에 도착할 것 같다고 말했다. 남의 집에 방문하기에는 이른 시간이었다. 래인은 갈 데가 많아서 일찍 들르려 한다고 덧붙였다. 여자는 좋게 생각하기로 했다. 남편이 오기 전에 래인을 만나서 다행이었다.

아파트 밖은 온통 빛이었다. 하늘 꼭대기를 향해 올라가는 태양이 무섭게 빛을 쏟아내고 있었다. 바람이 거의 없어서 덥고 답답한 날씨였다. 음식물 쓰레기통은 재활용품 버리는 곳 뒤에 있었다. 일반 쓰레기통과 음식물 쓰레기통이 나란히 있었다. 여자는 그리로 가기 전에 재활용품 버리는 곳을 살펴보았다. 거기에는 항상 온갖 잡동사니가 뒹굴었다. 오늘은 괘종시계, 자전거, 금 벨트가 있었다. 여자는 가까이 다가가서 금 벨트에 적힌 동아시아 RES 매치라는 글자를 읽고, 시침과 초침이 움직이는 괘종시계에 손을 대어보고, 새것처럼 깨끗한 자전거를 일으켜 세웠다. 청소년이 타는 자전거였다. 거의 타지 않은 것 같았다. 여자는 자전거를 벽에 기대어놓고 고개를 돌려 아파트의 벽을 바라보았다. 저기 사는 누군가가 이 모든 것을 소유했었다는 게 놀라웠다. 고개를 반대편으로 돌리자 녹색 소음 방지 펜스가 눈에 들어왔다. 펜스 너머에 왕복 8차선 도로가 있고, 자동차들이 빠른 속도로 달리고 있다는 사실이 새삼 놀라웠다. 괘종시계가 울렸다. 낡은 시계에서 울리는 둔중한 금속음을 들으며 여자는 음식물 쓰레기통으로 향했다. 음식물 쓰레기통의 맨 위까지 걸쭉한 주황색 액체가 가득했다. 역한 냄새가 코를 찔렀다.

여자는 옆 동으로 가서 음식물 쓰레기통을 비웠다. 돌아오는 동안 목덜미와 등에 땀이 돋았다. 봄이 이렇게 더우면 여름은 어떨지 걱정이 되었다. 쌍둥이는 더위를 많이 탔다. 그렇다고 에어컨을 마음껏 틀 형편도 못 되었다. 이런저런 걱정에 잠겨 있는 여자의 귀에 아이들의 울음소리가 밀려들어왔다. 아이들이 자지러지게 울고 있었다. 여자는 누구네 집에서 아침부터 아이들을 이렇게 울리나 싶어서 고개를 들었다. 베란다 난간 밖으로 아이들의 팔다리가 빠져나와 버둥거리고 있었다. 쌍둥이였다! 여자는 아파트로 달려들어갔다. 엘리베이터에 타자마자 닫힘 버튼을 계속 눌렀다. 손끝이 떨렸다. 아이들의 울음소리가 환청처럼 귀를 어지럽혔다. 무슨 일이지? 도대체 무슨 일이지? 도둑이라도 든 건가? 아니면 친정아버지에게 무슨 일이 생겼나? 친정아버지는 지난달에 계단을 내려가다 넘어져 엉덩이뼈가 골절되어 입원 중이었다. 남편에게 무슨 일이 생겼나? 콩나물국이 잘못되었나? 혼란스러운 여자의 머릿속에 엘리베이터 회사에서 들은 사고들까지 스치고 지나갔다. 엘리베이터가 급상승해서 머리가 천장에 부딪히고, 반대로 추락해서 척추와 발목이 골절되고, 20센티미터 위에서 문이 열리는 바람에 내리다 앞으로 고꾸라지고.

도어록의 숫자 버튼을 여자는 몇 번이나 다시 눌렀다. 문이 열리자, 쌍둥이가 여자에게 뛰어와 안겼다. 여자는 거실과 주방을 둘러보았다. 모든 게 나가기 전과 똑같았다. 여자는 눈물로 엉망이 된 쌍둥이의 얼굴을 손바닥으로 쓸어주며 물었다. 무슨 일이니? 호영이 훌쩍거리며 손가락으로 가스레인지 위의 냄비를 가리켰다. 라면을 끓이기 위해 올려놓은 것이었다. 여자는 그게 왜? 하고 물었다. 쌍둥이가 동시에 입을 열었다. 불, 어린이집, 혜영이네, 아니, 혜림이네, 아니, 혜수네야. 여자는 몸을 일으켜 가스레인지의 불을 끄고 밸브를 잠갔다. 그리고 호영아, 니가 이야기해봐, 하고 말했다. 호영은 어린이집에서, 하고 이야기를 시작했다. 민영이 끼어들어 여러 번 중단되었지만 대충 알아들을 수 있었다. 어린이집에서 불조심을 시키기 위해 보여준 비디오가 문제였다. 그 비디오의 내용은 혜영이 혹은 혜림이 혹은 혜수라는 아이의 어머니가 가스레인지를 켜둔 채 밖에 나갔다가 집이 몽땅 타버린 것이었다.

여자는 찬물에 밥을 말아서 쌍둥이가 남긴 김치찌개와 스팸을 반찬으로 먹었다. 쌍둥이는 조금 전의 법석은 잊은 듯 총싸움을 하며 집 안을 뛰어다녔다. 범인을 잡아라! 니가 범인이다! 민영이 다용도실로 숨자 호영이 따라 들어갔다. 쌍둥이는 소리를 지르며 다용도실에서 거실로 달려 나갔다. 여자는 젓가락으로 귀퉁이에 머스터드 소스가 살짝 발라진 스팸을 집었다. 스팸의 기름진 표면에 먼지가 잔뜩 달라붙어 있었다. 스팸을 도로 접시에 내려놓고 숟가락으로 김치찌개를 헤집었다. 아침부터 밥을 물에 말아 먹니. 낯선 목소리에 여자가 눈을 들었다. 몸에 달라붙는 블랙 미니 원피스를 입은 여자가 맞은편에 서 있었다. 래인. 래인은 대학 때와 달라진 게 거의 없었다. 아니, 그때보다 앳되어 보였다. 래인이 미소 지으며 오랜만이지? 하고 인사했다. 여자는 꿈인가 싶어서 눈을 깜빡거렸다. 래인이 머쓱해하며 현관문이 열려 있기에, 하고 대답했다. 여자는 의자에서 일어나 현관문을 닫고 돌아왔다. 기척도 없이 집 안으로 들어온 래인이 불쾌했다. 그리고 래인이 온다고 했는데 생각 없이 밥이나 먹고 있던 자신이 한심했다. 여자는 아무렇지 않은 척하기 위해 엄청나게 노력했다. 뭐 마실래? 물? 오렌지 주스? 홍차? 그리고 덧붙였다. 와인도 있는데. 래인이 와인? 하고 물었다. 여자가 안방에서 반 넘게 남은 와인병을 가지고 나왔다. 래인이 집에 탄산수랑 과일 통조림 있니? 하고 물었다. 여자는 고개를 저었다. 래인이 말했다. 내가 나가서 이것저것 사 올 테니까 너는 와인을 냉동실에 넣어둬.

래인이 밖으로 나간 사이 여자는 와인을 냉동실에 넣고, 식탁을 치우고, 늘어진 트레이닝복을 청바지와 티셔츠로 갈아입었다. 쌍둥이의 옷을 갈아입히고 머리카락에 물을 발라 대충 빗겨주었다. 유난스러운 것 같아서 화장은 하지 않았다. 금방 돌아온 래인은 여자를 슬쩍 보기만 할 뿐 아무 말도 안 했다. 여자는 래인의 몸매를 유심히 보았다. 대학 때보다 몸매의 틀이 잡혀 있었다. 움직임이 우아하고 하나로 틀어 올린 머리카락이 만들어내는 곡선이 보기 좋았다. 여자는 주눅이 들어서 식탁 위에 말라붙은 김칫국물을 손톱으로 긁었다. 래인이 커다란 유리볼에 와인을 부으며 블루 테일? 하고 중얼거렸다. 여자가 말했다. 친한 친구가 쌍둥이가 생각나서 샀다며 주더라. 거기 그려진 파란색 캥거루가 새끼 캥거루 두 마리를 품고 있잖아. 블루 테일이라는 이름이 귀엽지 않니? 래인은 잠시 생각에 잠기더니, 너는 우울의 꼬리가 귀엽니? 하고 되물었다. 그러면서 와인에 탄산수를 부었다. 여자는 블루 테일을 우울의 꼬리라고 생각해본 적이 없었다. 하지만 그렇게 해석할 수도 있겠다 싶었다. 우울의 꼬리. 래인은 마지막으로 볼에 과일 통조림과 얼음을 넣었다. 그러고 나서 국자로 휘휘 저으며 이걸 상그리

아라고 부른다고 말했다. 상그리아는 스페인에서 많이 마시는데, 스페인어로 피라는 뜻이라고도 했다. 우울의 꼬리로 만든 피. 래인이 상그리아를 덜어서 여자에게 내밀었다. 여자는 잔을 받아 들고 천천히 마셨다. 무엇보다 시원해서 좋았다.

서로의 손목을 고무 수갑으로 연결한 쌍둥이가 주방으로 나왔다. 쌍둥이는 엄마 나도 줘! 나도 줘! 하며 소리를 질렀다. 래인이 쌍둥이를 보고 웃었다. 쌍둥이는 나도 줘! 나도 줘! 하며 떼를 썼다. 여자는 엄마 친구 왔잖아, 인사드려야지, 하고 말했다. 쌍둥이는 먹고 싶어! 먹고 싶어! 하며 징징거렸다. 래인이 지갑에서 5만 원짜리 지폐를 꺼내 쌍둥이에게 내밀었다. 자, 나가서 맛있는 거 사 먹어. 셈이 빠른 호영이 냉큼 돈을 받아 들고 배꼽 인사를 했다. 여자가 말릴 새도 없이 호영과 민영은 밖으로 나갔다. 쌍둥이는 로봇! 로봇! 하며 소리를 질렀다. 여자는 래인에게 왜 그렇게 큰돈을 주느냐고 핀잔했다. 래인이 쌍둥이잖아, 하고 말하며 웃었다. 여자는 현관을 바라보았다. 쌍둥이가 손에 수갑을 찬 채 엘리베이터를 제대로 타고 내릴지, 재활용품 버리는 곳을 지나다가 자전거를 보고 타지는 않을지, 타다가 넘어져서 다치지는 않을지, 질 나쁜 아이들에게 걸려 얻어맞고 돈을 빼앗기지는 않을지 걱정이 되었다.

래인이 물었다. 무슨 생각을 그렇게 하니? 여자는 고개를 저으며 래인에게 빈 잔을 내밀었다. 래인이 상그리아를 따라주었다. 둘은 잔을 부딪쳤다. 여자는 할 말이 없어서 자꾸만 상그리아로 손이 갔다. 처음에는 시원해서 정신이 맑아지는 기분이었는데, 시간이 흐르자 취기가 올랐다. 지난밤의 취기까지 보태진 탓에 몽롱해졌다. 눈을 감으면 그대로 잠이 들 것만 같았다. 래인이 상그리아를 마시며 말했다. 너는 여전히 예쁘구나. 페이스북에서 본 그대로야. 여자는 얼굴을 붉혔다. 래인이 칭찬을 계속했다. 어쩌면 쌍둥이를 낳고도 몸매가 그대로니. 여자가 대꾸했다. 많이 망가졌지, 뭐. 그나저나 너는 관리 잘하나 보다. 어쩌면 허리가 그렇게 잘록하니. 래인의 입가에 미소가 번졌다. 돈 들이면 다 돼. 힘들게 운동 안 해도 몸매 관리받으면 된다. 너도 받아볼래? 여자는 비로소 모든 의문이 풀리는 기분이었다. 이민을 간다는 이유로 여기까지 올 리 없었다. 여자는 어떤 유혹에도 흔들리지 않겠다고 마음을 단단히 먹었다.

래인이 여자 쪽으로 상체를 기울이며 속삭이듯 말했다. 잘 들어. 이건 네 인생에서 단 한 번 주어지는 기회야. 나랑 같이 떠나자. 서유럽 해안에 있는 크르니나탄으로. 그 나라는 알려지지 않았고, 알려지면 안 되는 곳이야. 세계의 부호들은 거기에 하렘을 가지고 있어. 하렘 알지? 부인들이 모여 사는 곳. 거기에 나랑 같이

가자. 외국인들은 동양 여자의 나이를 몰라. 나이를 안다고 해도 상관없어. 그들은 여자를 수집하는 거야. 여권도 필요 없어. 전용기를 타고 떠나면 돼. 몸매 관리는 물론이고, 그곳에 가면 원하는 것은 무엇이든 가질 수 있어. 다이아몬드, 모피, 루비, 멋진 저택, 유명 디자이너의 드레스, 근사한 식사…….

여자는 여러 개의 문 앞에 서 있다. 어디에선가 문을 고르라는 소리가 들려온다. 여자는 바로 앞의 문을 조심스레 민다. 여자의 아파트 앞 왕복 8차선 도로가 보인다. 자동차들이 질주한다. 자동차의 흐름 너머로 파란 캥거루가 눈에 띈다. 새끼 두 마리를 앞주머니에 품은 파란 캥거루. 파란 캥거루는 불안한 듯 눈을 깜빡거린다. 그리고 오른쪽도 왼쪽도 아닌 애매한 방향으로 뛴다. 자동차들이 경적을 울린다. 브레이크 소리가 솟아오른다. 여자는 뒷걸음질 친다. 문이 닫히고, 또다시 문을 고르라는 소리가 들려온다. 바로 옆의 문을 밀자 야자수가 심어진 이국의 해변이 펼쳐진다. 벌거벗은 여자들이 백사장을 거닌다. 백인, 황인, 흑인이 섞여 있다. 여자들은 선베드에 누워 샴페인을 마시거나, 스프링보드에서 바다로 다이빙한다. 몇몇 여자들은 무료함을 달래려는 듯 물구나무서서 새싹처럼 다리를 벌린다.

목이 조여오는 느낌에 여자는 눈을 떴다. 눈앞에 땀으로 찌든 민영이 있었다. 민영의 머리카락이 뒤엉켜 이마에 들러붙어 있었다. 여자는 민영의 머리카락을 쓸어주고 싶었다. 그런데 손이 움직

여지지 않았다. 양손이 등 뒤로 묶여 있었다. 발목도. 여자는 놀라서 온몸이 굳었다. 안간힘을 써서 몸을 비틀자 민영의 손이 여자의 목에서 떨어졌다. 여자는 침착해야 한다고 되뇌었다. 그리고 무슨 소리가 들리나 귀를 기울이며 어깨와 다리를 이용해서 민영에게 가까이 다가갔다. 민영의 날숨에서 연하게 와인 냄새가 났다. 여자는 얼굴을 찌푸리며 침대 끝으로 몸을 굴렸다. 발을 바닥에 내리고 몸을 일으켰다. 바닥에 양 볼이 빨갛게 물든 호영이 사지를 뻗은 채 잠들어 있었다. 여자가 발로 호영을 흔들어 깨웠다. 호영이 눈을 뜨며 엄마! 하고 말했다. 여자가 등 뒤로 묶인 손을 내밀었다. 호영이 고무 수갑을 풀어주고 민영의 옆으로 가서 픽 쓰러져 잠들었다.

여자는 거실로 나갔다. 거실 바닥에 낯선 로봇 두 개가 뒹굴고 있었다. 그것을 들고 식탁으로 갔다. 커다란 유리볼이 텅 비어 있었다. 반 넘게 남아 있던 상그리아를 쌍둥이가 다 마셨다고 생각하자 짜증이 치밀었다. 볼을 물로 대충 헹궈서 그릇 건조대에 엎었다. 바지에 손을 문질러 닦다가 주머니에서 래인이 준 명함을 꺼냈다. 최래인. 이름과 전화번호만 적힌 심플한 명함이었다. 명함을 잘게 찢어서 쓰레기통에 버렸다.

빈 와인병과 로봇 두 개를 들고 여자는 밖으로 나갔다. 엘리베이터를 타고 내려가면서 래인의 제안을 떠올렸다. 정말 하렘이라는 게 있을까? 아니면 그것을 미끼로 어딘가 먼 곳으로 팔아넘기려는 것일까? 아이가 둘씩이나 딸려 있는데 그런 제안이 온 게 믿기지 않았다. 웃어넘겨야 하는지 화를 내야 하는지 알 수 없었다. 마침내 엘리베이터가 멈추고 문이 열렸다. 아파트 밖은 아침보다 강한 열기로 팽창해 있었다. 이따금 더운 바람이 불어왔다. 어디에선가 닭이 울었다. 여자는 소리의 방향을 찾으려고 제자리에서 한 바퀴 돌았다. 잠시 뒤 개가 짖었다. 여자는 귀를 기울였다. 그러자 자동차 소리가 귓속으로 파고들었다. 바람을 가르는 빠른 소리에 여자는 몸을 떨었다. 재활용품 버리는 곳에는 금 벨트와 자전거가 사라지고 괘종시계만 남아 있었다. 여자는 괘종시계 옆에 빈 와인병과 로봇 두 개를 내려놓았다. 그리고 돌아서는데, 묵직한 금속성이 귀를 쳤다. 소음 방지 펜스 너머에서 거인이 휘두르는 망치 소리처럼 커다란 금속성이 꼬리를 물고 이어졌다.

카프카 신드롬

카프카와 변신 로봇

이면지에 볼펜으로 커다랗게 '카'라고 썼다. '카'의 모음 'ㅏ'의 세로선을 따라 잉크 찌꺼기가 매달려 있었다. 그 옆에 작게 '프카'라고 대여섯 개 적었다. 멀찍이서 보면 '카'라는 어미 물고기가 새끼 물고기 '프카'들을 거느리고 있는 것처럼 보였다. 나는 망설이다가 이면지의 빈 곳에 '카프카'라고 몇 번 더 끼적거렸다. 그러다 보니 '카프카'라는 단어가 '기러기' '토마토' '오디오'처럼 앞뒤로 읽어도 같다는 사실을 알게 되었다. 보잘것없는 발견이지만 이제껏 눈치채지 못한 게 의아했다. 카프카의 소설 '변신'이나 '성'을 읽다가 지루해지면 책날개에 붙어 있는 짙은 눈썹에 이목구비가 뚜렷한 카프카를 보며 상상력 하나는 끝내주는 사람이로군, 하고 생각했을 뿐이다.

나는 기사를 하나 작성하려는 중이었다. 실종된 사람들이 토마토, 튤립, 택시 등으로 변했다고 믿는 사람들에 대한 기사였다. '변신'에 대한 이야기이다 보니 '카프카'가 실마리가 되어줄 거라 생각했는데, 이름이 가진 무게 때문인지 머리가 굳은 탓인지 생각이 창의적으로 발전되지 않았다. 그래서 이면지에 이것저것 적는 중이었다. 카프카, 소송, 성, 변신, 변신 로봇, 건담, 겐타로보, 발키리, 다간, 그랑조, 볼트론……. 이면지 위에 카프카와 변신 로봇들의 이름이 나란히 적혀 있는 걸 보니 얼굴이 뜨거워졌다. 사유가 빈약한 증거인 것만 같았다.

생각을 돌릴 겸해서 팔을 죽 뻗어 위로 들어 올렸다. 어깨가 뭉쳐서 뒷목이 묵직했다. 손을 맞잡아 목 뒤를 받치고 고개를 뒤로 젖히자 천장에 붙어 있는 먼지 뭉치가 눈에 들어왔다. 유충이 빠져나간 번데기처럼 생긴 먼지 뭉치가 천장에 매달려서 흔들리고 있었다. 나는 먼지를 보면서 카프카, 카프카, 카프카, 하고 중얼거렸다. 연약해 보이는 먼지는 끈질기게 붙어 있었다. 나는 고개를 숙이고 목 뒤를 주물렀다. 잠시 뒤, 다시 고개를 들자 사무실이 한눈에 들어왔다. 여덟 개의 책상이 마주 놓여 있고, 제일 위쪽에 하나의 책상이 가로로 놓여 있었다. 자판 두들기는 소리가 사무실 안을 건조하게 울렸다. 모두 저녁 8시로 예정된 마감을 지키기 위해 애쓰고 있었다.

가로로 놓인 책상은 편집장 뇌 선배의 것이었다. 뇌 선배의 책상 위에는 온갖 쓰레기가 쌓여 있었다. 책 더미가 기둥처럼 양쪽으로 서 있고, 그 사이에 노트북, 데스크탑, 각종 서류, 커피잔, 콜라캔 등이 뒤섞여 있었다. '뉴스 노마드 편집장 뇌우'라는 명패는 어디로 갔는지 보이지 않았다. 한 달 전, 뇌 선배가 편집장으로 승진되었다는 소문을 듣고 방문했을 때까지만 해도 제자리에 있었는데. 그때 나는 뇌 선배의 책상을 단박에 찾을 수 있었다. 뇌 선배는 대학 때도 깨끗한 편이 못 되었다. 내가 다가가자 뇌 선배는 코끝까지 미끄러져 내려간 뿔테 안경을 밀어 올리며 여전하지? 하고 물었다. 안부 인사라는 걸 알지만, 책상 위의 상황을 설명하는 것 같아서 웃음이 나왔었다.

그날 밤 뇌 선배와 나는 대학 때처럼 포장마차에 가서 고갈비에 소주를 먹었다. 선배는 소주를 몇 잔 마시더니 경제가 어렵고 경쟁사가 많아서 광고를 수주하기 힘들다고 속내를 털어놨다. 무가지는 광고로 이윤을 맞추는데 타산이 안 맞는다는 거였다. 그러더니 지난주에 기자 한 명이 그만두었는데 머릿수를 맞춰주는 셈 치고 당분간 사무실에 나와보는 게 어떠냐고 물었다. 고갈비 살을 섬세하게 발라서 내 쪽으로 밀어주며, 마음이 바뀌면 그만둬도 되고, 기자들과 인맥도 넓힐 수 있고, 기사를 한두 꼭지 쓰면 용돈도 벌 수 있다며 나를 설득했다. 돌파구가 필요했던 나는 고개를 끄덕였다.

갑작스러운 제안

뇌 선배 덕에 2년 전 증권회사에 다닐 때처럼 기상은 오전 6시, 취침은 자정으로 맞추어진 생활이 시작되었다. 규칙적인 생활에 적응할 수 있을지 걱정이 되었지만, 시간이 지나자 몸이 가뿐해졌다. '뉴스 노마드'의 기자들은 신입도 인턴도 아닌 나를 어려워했고, 나는 그 거리감이 마음에 들었다. 멀찍이서 바쁘게 활동하는 기자들을 보고 있으면 몸 안에 새로운 에너지가 차오르는 게 느껴졌다.

나에게는 에너지가 필요했다. 지난달에 문예지에서 원고를 청탁받았는데, 한 장도 못 썼다. 보름 안에 소설 한 편을 완성해야 했다. 미리 써둔 소설들은 모두 진부하고 수준 미달이어서 문예지에 들이밀 수준이 못 되었다. 사실 나는 정식으로 소설을 배운 적이 없었다. 그저 증권회사 동료들의 관심사—골프, 신차 출시일, 아파트 시세, 주식의 등락 같은 것에 관심이 없었다. 시간이 나면 레마르크의 『개선문』, 멜빌의 『백경』, 카프카의 『변신』, 플라톤의 『향연』을 반복해서 읽고, 휴일이면 두세 시간씩 탄천을 달렸다. 당연히 동료들과 서먹서먹하고, 경기가 나빠지자 1순위로 정리해고되었다.

서너 달 정도 쉬고 싶었다. 저축에 여유가 없어서 그 이상은 쉴 수 없고, 쉬는 동안 여행을 떠날 수도 없었다. 다시 레마르크, 멜빌, 카프카, 플라톤을 읽었다. 그 책들을 열 번씩 더 읽고 나자 소설이 쓰고 싶어졌다. 그래서 멜빌의 『백경』을 어느 바닷가에서 벌어진 가족 살인사건과 교차해서 쓰는 방식으로 소설을 한 편 완성했다. 그것을 별생각 없이 신문사에 보냈는데 신춘문예에 당선이 되었다.

어쩌면 너무 빨리 소설가가 된 건지도 몰랐다. 답답한 마음에 신문사 흡연 구역에서 담배를 피우며 이런저런 생각을 하고 있으니 느지막이 출근한 뇌 선배가 왔다. 뇌 선배가 담배를 피우며 나에게 무슨 걱정이 있느냐고 물었다. 나는 조심스레 상황을 털어놓았다. 뇌 선배는 심각한 표정으로 자판기 커피를 마셨다. 그러더니 주목받을 수 있는 걸 써, 그렇지 않으면 사라지니까, 하고 말했다. 나는 커피를 한 모금 마시며 물었다.

—그런 것이라면 변신이 아닐까요.

뇌 선배가 변신? 하고 되물었다. 어제 마신 술기운 탓에 선배의 얼굴이 붉었다. 주말에 텔레비전에서 본 일본원숭이의 붉은 얼굴이 떠올라 웃음이 나왔다. 나는 헛기침을 하며 말을 이었다. 요새 변신을 모티프로 한 소설이 많거든요. 아버지가 하마로 변하든지, 어머니가 풍선으로 변하든지, 할머니가 석류로 변하든지. 그래서 저도 변신을 모티프로 써볼까 하는데 딱히 떠오르는 게 없어요. 야구선수가 글러브나 배트로 변하는 건 너무 뻔하고, 여가수가 마네킹으로 변하는 건 우스꽝스럽고, 기자가 노트북으로 변하는 건 상상력이 조악해 보이고.

뇌 선배는 아무 말 없이 담배에 불을 붙였다. 나도 담배를 피웠다. 우리는 한동안 허공에 담배 연기를 하얗게 뱉어냈다. 유령같이 흐느적거리던 담배 연기가 밝은 대기 속으로 섞여들며 형체를 잃었다. 뇌 선배는 다 피운 담배 꽁초를 손가락으로 튕기며 입을 열었다. 기사 한 꼭지 써볼래? 갑작스러운 제안이지만 어떤 건데요? 하고 되물었다. 기분 전환이라도 하라는 배려인 것 같아서 고마웠다. 뇌 선배가 물었다. '실종자 가족 연합'이라는 홈페이지 알아? 그 말을 듣는 순간, 입에 남아 있는 커피가 기도로 넘어간 건지 기침이 터져 나왔다. 발작적으로 기침을 하자 눈가에서 눈물이 찔끔 흘렀다.

코기토 에르고 숨

유럽 축구 리그를 열광적으로 시청하다가 그냥 자버린 적이 있었다. 혹은, 친한 친구인데 길에서 마주쳐 기억을 더듬어보니 만난 지 1년이 지났거나, 일본 효고 현의 아리마 온천에 가고 싶어서 자료를 신청해놓고 한참 뒤에 관광청에서 보내온 우편물을 보고 이게 뭔가 싶었던 적도 있었다. '실종자 가족 연합' 홈페이지도 마찬가지였다. 대학 때에는 아침에 눈을 뜨자마자 접속했던 곳이었다. 게시판에 아버지 사진을 올리고, 전국의 부랑자 보호시설에 새로 입소한 사람들을 뒤졌다. 의식이 없는 응급환자를 확인하는 것도 빼먹지 않았다.

아버지는 동네에서 작은 병원을 개원한 가정의였다. 20년 동안 한동네에서 병원을 운영하며 신뢰와 존경을 받았다. 그런데 장염인 줄 알고 치료한 환자가 죽은 뒤로 병원에 나가지 않았다. 서재에 틀어박혀서 시간을 보냈다. 아버지의 친구들은 다른 의사에게 진료를 받았어도 같은 결과였을 거라고 위로했지만 소용없었다. 어머니는 생활비를 벌기 위해 집을 비우는 일이 잦아졌다. 어머니의 감시가 사라지자 누나는 외모에 관심을 쏟았다. 아버지처럼 의사가 되기 위해 질주하듯 공부하던 나는 시들해졌다. 성악을 전공한 어머니가 노래학원 강사가 되고, 변호사를 꿈꾸던 누나가 스튜어디스가 되고, 성적이 뚝 떨어진 내가 변두리 4년제 대학의 경제학과에 입학할 즈음 아버지가 사라졌다. 경찰이 찾아와서 정확히 언제 아버지가 사라진 거냐고 물었을 때 우리 셋 중 누구도 답하지 못했다. 경찰은 의아한 듯 우리를 보았고, 어머니는 마주 잡은 손을 비틀며 3일 전쯤? 하고 대답했다.

아버지를 찾기 위해 나는 대학에 휴학계를 냈다. 어머니는 노래학원 강사직을 내놓고, 누나는 항공사를 휴직했다. 우리는 친척들에게 연락하고, 경찰서와 실종자 가족 연합 사무실을 출퇴근하듯 드나들고, 거리에 수만 장의 전단을 뿌리고, 전국의 부랑자 보호시설을 찾아다녔다. 우리나라에서 한 해에 실종되는 사람은 6만 명 가까이 되었다. 지방 중소도시 인구에 버금가는 수치였다. 사라지는 방법이니 과정은 제각각이지만 아버지처럼 어느 순간 담배 연기처럼 스륵 자취를 감춰버린 사람들도 많았다.

6개월이 지나도 진척이 없자 어머니는 생활비가 바닥나고 있다며 노래학원으로 돌아갔다. 누나는 더 미루면 복직도 결혼도 힘들다며 다시 비행기를 탔다. 어느 날 밤, 누나는 술에 취해서 세계 곳곳을 다니며 아버지를 찾겠다는 엉뚱한 소리를 늘어놓다가 울며 잠이 들었다. 아버지를 찾아 전국을 떠돌던 나는 영장을 받고 군대에 끌려갔다. 제대를 하고 돌아와 보니 어머니는 연하남과 데이트 중이고, 누나는 시련의 상처를 보톡스로 달래고 있었다. 나는 시기를 놓치면 대학을 졸업하지 못할 것 같아서 두려웠다. 하는 수 없이 복학을 했고, 속죄하듯 아침마다 '실종자 가족 연합' 홈페이지에 접속했었다.

그때는 메인 페이지가 우중충한 회색이었는데, 접속하지 않은 사이에 리뉴얼을 했는지 밝은 파란색으로 바뀌어 있었다. 언뜻 보면 수자원 공사나 어린이집 홈페이지처럼 밝고 희망찬 메시지를 전달하는 곳 같았다. 나는 뇌 선배가 말해준 대로 화면 가장자리에 있는 '열린 게시판'으로 들어갔다. 예전에도 게시판이 있었지만, 홈페이지의 내용이나 구성이 많이 달라져서 같은 게시판인지 알 수 없었다. '열린 게시판'에는 20여 개의 카테고리가 있었다. 좋은 시설 소개, 감사의 인사, 극복 사례, 모두 웃어봅시다, 사이클 모임, 조기 축구 모임, 정부 지원 촉구 서명 운동, 해우소 등등. 해우소를 클릭하자 에르고 숨, 이라는 글씨가 나타났다.

에르고 숨, 이라면 데카르트의 코기토 에르고 숨*의 그 에르고 숨인가요? 나는 뇌 선배의 설명을 듣다가 질문했다. 선배는 천천히 고개를 끄덕이며 씁쓸하게 웃었다. 그러면서 시니컬한 목소리로 말했다. 거창한 감이 있지만 실종된 사람들이 토마토, 튤립, 택시 따위로 변했다고 믿는 사람들의 모임 이름으로 적당한 것 같지 않아? 선배는 그들에 대한 기사를 원고지 스무 장 분량으로 써보라고 했다. 게시판을 훑어보고 간단하게 정리하라는 것이었다. 선배는 내 어깨를 툭 치며 소설의 소재도 좀 얻을 수 있지 않겠어? 하고 말했다. 뇌 선배는 가십을 다루는 삼류 도색 잡지에서 거기에 대한 기사를 보았다고 했다.

'에르고 숨'에는 수백 개의 글이 올라와 있었다. 신비의 파란색 알약 한 알로 뜨거운 밤을! 오빠만 보세요! 하는 광고글이 서너 개 눈에 띄었다. 하지만 대부분은 아버지가 골드 리트리버로 변한 것 같아요, 언니가 클림트의 〈키스〉가 그려진 우산으로 변했어요, 어머니가 토마토로 변했나 봐요, 할머니가 20년 된 샤넬 재킷으로 변한 것 같아요, 할머니가 튤립으로 변했다며 할아버지가 그 앞을 떠나지 않으시네요, 아버지가 택시로 변한 것 같습니다! 등의 제목이 이어졌다. 나는 그중에서 답글이 제일 많이 달린 어머니가

* Cogito ergo sum : '나는 생각한다, 고로 존재한다'는 뜻의 라틴어.

토마토로 변했나 봐요, 라는 글을 열었다.

제 이름은…… 그냥, 그냥, 바비라고 할게요. 제가 바비 인형을 좋아해요. 부끄럽지만 지금 생각나는 게 없어요. 어쨌거나 이런 공간이 있어서 다행이에요. 만일 혼자 이런 생각을 하는 거라면 외로웠을 거예요. 미쳐버렸을지도 모르죠. 아, 무슨 이야기부터 시작하면 좋을까요. 아마 외할머니의 죽음부터 이야기해야 할 거예요. 외할머니는 2년 전에 위암으로 입원했어요. 어머니는 의사에게서 리코펜이라는 성분이 위암에 좋다는 이야기를 듣고 토마토 주스를 만들었어요. 외할머니는 한 달도 안 되어서 죽었는데도 어머니는 계속 토마토 주스 만들었어요. 저와 남동생은 매일 토마토 주스를 1리터씩 마셔야 했어요. 아버지는 과일이나 야채를 싫어해서 한 방울도 마시지 않았고요. 저희는 장이 약해서 설사를 하기 시작했어요. 한동안은 약을 먹으며 토마토 주스를 마셨지만, 도저히 안 되겠더라고요. 그래서 마시지 않겠다고 했어요. 어머니는 울음을 터뜨렸고요. 저와 남동생은 용서를 빌었고 어머니는 주스기를 창고로 치워버렸어요. 그리고 다음 날 어머니가 사라진 거예요. 가족들 모두가 반쯤 미쳐서 1년 동안 전국을 헤매고 다녔어요. 다들 아시죠? 그러다 포기하고 다시 제자리. 쌓여가는 술병들. 그러던 어느 날 물을 마시려고 냉장고를 열었는데, 더 이상은 안 되겠다 싶었어요. 냉장고 안의 모든 게 썩어가는 중이었거든요. 저는 커다란 비닐 봉투를 가져와서 냉장고의 음식들을 쓸어 담았어요. 시커먼 물이 된 상추, 하얗게 곰팡이가 핀 당근, 썩어 문드러진 김치와 밑반찬들까지. 냉장실 제일 아래 야채칸에는 토마토가 잔뜩 들어 있었어요. 거뭇거뭇하게 썩은 토마토는 손만 대도 뭉그러지며 고약한 냄새를 풍겼어요. 그런데 안쪽에 있는 토마토 한 개가 상하거나 무른 곳 없이 빨갛게 싱싱한 거예요. 저는 손을 뻗어 그 토마토를 잡았어요. 그 순간 '엄마다!' 하는 생각이 메아리처럼 머릿속에 퍼졌어요. 다른 한편에서는 토마토는 토마토야, 정신 차려! 하는 소리도 들렸지만, 저는 그 토마토를 버릴 수 없었어요. 한참 동안 고민하다가 냉동실에 넣었어요. 그리고 시간 날 때마다 냉동실 문을 열어봐요. 엄마가 잘 있나 확인하려는 것처럼요.

바비의 글 아래에는 백여 개가 넘는 댓글이 달려 있었다. 그냥 그렇게 생각되는 거예요, 일시적인 거겠지요, 힘내세요 등의 동정하는 내용이 가장 많았다. 그렇게라도 다시 나타나주면 좋겠네요, 꿈에도 한번 안 나타나요, 라고 본인의 처지를 한탄하거나 그러게 있을 때 잘하지 등의 냉담한 반응도 있었다. 정신과 의사를 만나보라거나, 부케 같은 것을 유리병에 밀봉해주는 곳에 가보라는 실용적인 대답도 보였다. 뇌 선배의 말을 반신반의하던 나는 사람이 물건으로 변했다고 믿는 사람들이 정말로 존재한다는 사실에 놀랐다.

맙소사, 내 머리가 어떻게 된 건가?

어떻게 사람이 토마토나 택시로 변한단 말인가? 말도 안 된다는 걸 알지만 확인해보고 싶은 게 있었다. 나는 컴퓨터를 켜고 포털 사이트로 가서 검색창에 '사람의 구성 원소'라고 적었다. 엔터를 누르려다가 지우고, '사람과 토마토'라고 썼다. 그것도 아닌 것 같아서 지우고 '동물과 식물의 구성 원소'라고 검색했다. 동물과 식물은 단백질, 탄수화물, 무기염류, 지방으로 이뤄져 있고, 물의 비율이 동물은 60~70퍼센트, 식물은 90퍼센트로 달랐다. 나는 이면지에 동물과 식물의 구성 원소는 거의 동일, 이라고 적었다. 그렇다면 토마토의 구성 원소는? 대부분 물과 무기염류였다. 택시의 구성 원소는? 금속이었다. 나는 마지막으로 '지구의 구성 원소'를 찾아보았다. 지구는 탄소, 질소, 수소, 산소, 미량의 금속 원소들로 이루어져 있었다. 그러니까 미시적으로 보자면 동물, 식물, 토마토, 택시, 지구가 모두 다 그게 그거라는 의미였다.

아무리 그렇다고 해도 사람이 토마토, 튤립, 택시로 변한다고? 맙소사, 내 머리가 어떻게 된 건가? 이면지에 그렇게 적고 나서 의자에서 일어났다. 다들 취재하러 나가서 오전인데도 사무실이 한산했다. 나와 뇌 선배와 여기자 한 명이 자리를 지키고 있었다. 뇌 선배는 어제도 늦게까지 야근했는지 졸고 있었다. 선배의 머리가 12시 방향에서 2시 방향으로 떨어지다가 3시 방향에 못 미쳐 다시 12시 방향으로 곧추세워졌다. 선배는 창으로 들어오는 햇볕이 따

가운지 눈을 감은 채 인상을 쓰며 도리질을 했다. 나는 뇌 선배의 책상 뒤로 가서 블라인드를 조절했다. 별안간 실내가 어두워지자 여기자가 돌아보았다. 나는 손으로 블라인드를 가리킨 다음 냉장고에서 캔커피를 꺼냈다.

자리로 돌아가서 캔커피를 홀짝이며 바비의 글을 다시 읽었다. 세 번 정도 더 읽고 나자 바비의 어머니가 어떤 사람인지 궁금해졌다. 평소에 말수가 많은지 적은지, 성격이 내성적인지 적극적인지, 체형은 살집이 있는 편인지 말랐는지, 취미생활은 어떤 건지까지. 과일을 싫어한다는 것을 빼고는 정보가 없는 바비의 아버지에 대해서도 알고 싶었다. 자상한지 무뚝뚝한지, 하는 일은 무엇인지, 왜 과일을 꺼리는지까지도. 바비가 어머니라고 믿고 있는 그 토마토를 만지는 순간 어떤 느낌이 들었는지도 구체적으로 들어보고 싶었다. 감전된 것처럼 짜릿했는지, 공포영화를 볼 때처럼 심장이 세차게 뛰었는지, 그것도 아니면 또 다른 느낌인지.

미친 짓인지 모르지만, 나는 바비를 포함해서 최근 '에르고 숨'에 글을 올린 사람 열세 명에게 만나고 싶다는 내용의 메시지를 보냈다. 마음 한구석에 그들의 이야기를 통해 사라진 나의 아버지에 대해 알게 될지도 모른다는 막연한 기대도 있었다. 점심을 먹는 동안, 열세 명 중 여섯 명에게 답 문자가 왔다. 생각보다 많은 숫자였다. 여섯 명 중 두 명은 만날 수 없다는 거절 문자였다. 나는 남은 네 명에게 전화를 걸었다. 그중 세 명이 전화를 받았다. 우선, 아버지가 택시로 변했다는 남자. 그는 교대 시간이 얼마 남지 않았지만, 사무실 근처까지 오겠다고 했다. 두번째는 일 봐주는 집 할머니가 튤립으로 변했다는 여자. 그 집은 사무실과 가까웠다. 마지막으로 바비. 바비는 한동안 머뭇거리더니 사무실 근처까지 나오겠다고 말했다.

주체는 상징계로

대형서점 앞 나무 그늘에서 택시기사를 기다렸다. 나뭇잎 사이로 햇살이 비쳐서 바닥에 늘어진 별무늬가 만들어졌다. 바람이 불 때마다 별무늬가 흐느적거렸다. 그것을 멍하니 바라보며 바람의 방향을 가늠하는데 휴대폰이 울렸다. 택시기사였다. 택시기사는 일산으로 가는 손님을 태워서 늦을 것 같다고 말했다. 그러더니 죄송하다고 했다. 천천히 오시라고, 인터뷰를 해주는 것만으로도 감사하다고 말해도 연신 죄송하다고 했다. 그러더니 이따 만나면 사무실까지 태워다주겠다고 제안했다. 택시기사는 교대 때문에 그 정도밖에 시간을 낼 수 없는 걸 아쉬워했다.

나는 나무 그늘에서 벗어났다. 택시기사를 만나기 전에 튤립으로 변한 할머니네 집에 가볼 생각이었다. 에르고 숨에 글을 올린 사람은 할아버지의 둘째 아들에게 고용된 여자였다. 전화를 걸자 여자는 앳된 목소리로 오동통 오징어 빈대떡집을 끼고 계속 직진해서, Z마트 사거리까지 올라온 다음 대각선 맞은편 베이커리를 돌면 나오는 두 갈래길 중 가파른 계단 쪽으로 올라오세요, 하고 말했다. 선글라스를 쓴 것처럼 양쪽 눈에 까만 반점이 있는 하얀 강아지가 있는 노란색 대문집이라고 했다.

비교적 핵심을 정확히 짚은 여자의 길 안내 중 빠진 게 있다면 가파른 계단이 불규칙하다는 것이었다. 별생각 없이 첫발을 내딛다가 하마터면 넘어질 뻔했다. 계단 폭이 너무 좁아서 발가락이 위로 접혔다. 다음 칸은 높이가 낮아서 발을 헛디뎠다. 그리고 두 계단 사이가 뭉개져서 큰 걸음으로 건너뛰어야 했다. 눈을 들자 높은 곳에서 선글라스를 쓴 것처럼 보이는 하얀 강아지가 내려다보고 있었다. 나는 어린아이도 걷기 힘들 정도로 잘게 나뉜 계단들을 넘고, 계단 가운데에 고인 물을 건넜다. 다음번 계단은 옆으로 기울어져 있었다. 눈에 띌 만큼은 아니어서 편하게 발을 디디다가 발목이 옆으로 꺾였다. 꺾인 발목이 욱신거려서 나머지 계단을 절뚝거리며 올라갔다.

노란 대문 앞에 도착하자 선글라스 강아지가 혀를 빼물고 꼬리를 흔들었다. 나는 계단에 걸터앉아 개를 쓰다듬어주면서 다른 손으로 발목을 주물렀다. 위에서 내려다보니 계단은 그리 높지 않았다. 개는 내 손가락을 핥고 다리에 몸을 비볐다. 나는 개를 만져주며 노란 대문 안을 보았다. 마당에 아담한 정원이 있었다. 정원에 붉은색과 노란색과 하얀색 튤립이 피어 있었다. 바람이 불자 작은 술잔 같은 튤립이 서로 부딪쳤다. 금방이라도 맑은 소리가 들려올 것 같았다.

그런데 갑자기 선글라스 강아지가 내 손을 빠져나가 문 사이로 고개를 디밀고 컹컹 짖었다. 그 소리에 대꾸하듯 여자의 목소리가 들려왔다. 알았어! 비쩍 마르고 광대뼈가 솟은 여자가 미닫이문을 열고 마루에서 봉당으로 내려섰다. 여자는 파란 바가지를 들고 튤립 사이를 종종걸음 치며 나왔다. 나는 미닫이문 안의 거실에서 가부좌를 틀고 앉은 노인을 바라보았다. 머리를 박박 민 노인이 등을 꼿꼿이 세우고 앉아 벽을 보고 있었다. 면벽 수행을 하는 노승처럼 단단하고 기품이 있었다. 얼굴이 물속 조약돌처럼 매끄럽고, 턱에 매달린 희고 긴 수염이 마당 쪽으로 휘날리고 있었다.

나는 눈을 돌려 불규칙한 계단 아래를 내려다보았다. Z마트 앞으로 젊은 여자가 유모차를 밀며 지나가고, 책가방을 멘 아이들이 신발주머니를 휘두르며 뛰어가고, 양복을 입은 남자가 콜라를 마시며 빠르게 걷고 있었다. 광대뼈가 높이 솟은 여자는 선글라스 강아지 앞에 김치찌개에 섞은 밥을 내려놓고서 나를 향해 물었다. 기자님? 나는 아, 네, 하고 대답하며 명함을 내밀었다.

여자는 나를 거실까지 안내한 다음 주방으로 갔다. 나는 노인 옆에 앉았다. 노인이 바라보고 있는 것은 튤립이었다. 오래되어 가장자리가 누렇게 변한 종이 위에 그려진 튤립 한 송이. 꽃과 잎과 줄기만 있는 그림이었다. 누구든 마음만 먹으면 1분 안에 그릴 수 있을 정도로 단순했다. 그런데 노인은 그것이 대단한 화가의 그림인 양 지그시 바라보고 있었다. 주방에서 나온 여자는 물잔을 내 앞에 놓으며 늘 저래요, 하고 말했다. 그러고 나서 노인의 똥오줌을 받아내는 것부터 음식 투정까지 체험 수기 같은 이야기를 늘어놓았다. 나는 여자의 말을 다 들어주고 나서 노인이 언제부터 이랬느냐고 물었다. 여자는 치매를 앓던 할머니가 사라져서 온 식구가 찾아다니다가 집에 와보니 노인이 이러고 있었다고 대답했다. 여자도 누군가에게 들은 이야기인 듯싶었다. 여자가 말을 마치자 노인이 입을 열었다. 깊은 우물에서 나오는 것처럼 낮게 울리는 목소리였다.

—주체는 상징계로 들어가야 주체가 돼.

내가 쳐다보자 여자는 치매기가 있으신데, 간혹 저 말을 하세요. 주체는 상징계로 들어가야 주체가 돼. 기표는 기의에 닿지 못하고 계속 미끄러져, 이렇게 두 가지만. 하도 들어서 외웠어요. 저 양반이 지금은 저렇지만, 예전에는 대학교수였대요. 그때 노인이 다시 입을 열었다.

—기표는 기의에 닿지 못하고 계속 미끄러져.

토끼와 택시

그 뒤로도 여자는 수다를 늘어놓았다. 노인은 입을 열지 않았다. 나는 한 시간쯤 더 앉아 있다가 밖으로 나갔다. 선글라스 강아지는 집으로 들어갔는지 보이지 않았다. 바람이 없고 습도가 높아서 돌아다니기 좋지 않은 날이었다. 나는 불규칙한 계단으로 내려가기 싫어서 위로 올라갔다. 처음 온 길이지만 올라가다가 적당한 곳에서 오른쪽으로 꺾어 내려가면 요즘 종종 들르는 헌책방이 나올 것 같았다. 헌책방에서 책을 뒤적이며 시간을 보낼 생각이었다.

원래는 택시기사를 만나고, 튤립 노인 댁에 방문한 다음, 바비를 만날 생각이었다. 하지만 이제 택시기사와 바비가 동시에 나타날 수도 있었다. 어떻게 할까 망설이는데 마침 휴대폰이 울렸다. 바비였다. 바비가 이 근방에 왔다면 바비를 만난 뒤 택시기사를 보면 되었다. 나는 어디에요? 하고 물었다. 바비는 아무런 대꾸도 하지 않았다. 그래서 이제 출발하는 건가요? 하고 질문을 바꾸었다. 그렇다면 택시기사를 만난 뒤에 보면 되었다. 죄송해요. 목소리가 작아서 수화기를 귀에 바짝 댔다. 뭐라고요? 바비는 작고 떨리는 목소리로 어머니를 두고 나갈 수 없어요, 하고 대답했다. 어머니를 냉동실에 넣어둔 것도 죄송한데 혼자 있게 할 수 없어요. 도저히 나갈 수 없어요. 죄송해요. 정말 죄송해요. 설득해볼 여유도 없이 전화가 끊어졌다.

나는 휴대폰을 주머니에 넣고 근처 편의점에서 시원한 이온음료를 샀다. 음료를 마시며 골목을 걸어 내려갔다. 나의 예상대로 적당한 곳에서 오른쪽으로 꺾은 다음 골목을 벗어나자 헌책방이 나타났다. 헌책방 주인은 항상 그랬듯 오래된 스포츠 신문을 읽고 있었다. 내가 들어가자 어깨까지 내려오는 머리카락을 출렁이며 인사했다. 나도 같이 인사하고 먼지와 시간과 종이의 공간으로 들어갔다. 며칠 전에 들른 터라 가벼운 기분으로 헌책방 안을 이리저리 거닐었다. 그러다가 동화책이 있는 곳까지 갔다. 세계명작 동화에는 내가 아는 작가와 작품 이름들이 많았다. 『백경』 『허클베리 핀』 『파리 대왕』 그리고 『변신』.

『변신』 표지에는 바퀴벌레처럼 생긴 시커먼 갑충이 커다랗게 그려져 있었다. 갑충은 수많은 짧고 가느다란 다리를 버둥거리며 서류가방을 잡으려 하고 있었다. 그 모습을 제복 입은 아버지와 뚱뚱한 어머니와 바이올린을 든 여동생이 지켜보고 있었다. 표지의 그림은 흥미롭지만, 책 속의 그림들은 밋밋한 단색 스케치였다. 소설 속 장면을 그대로 옮겨놓은 것에 불과했다.

그래서인지 나는 책을 보며 딴생각에 빠져들었다. 어쩌면 처음 에르고 숨에 접속했을 때부터 한 가지 생각에 사로잡혀 있던 것인지도 몰랐다. 아버지. 그리고 아버지의 토끼. 아버지는 토끼를 좋아했다. 내가 아주 어릴 적부터 병원 대기실에서 토끼를 키웠다. 대기실과 화장실 사이의 통로에 작은 토끼장이 두 개 있었다. 나는 학교가 끝나면 병원으로 가서 토끼를 돌봐주었다. 아버지는 의원에 손님이 없으면 토끼장으로 나왔다. 아버지와 나는 함께 토끼에게 배춧잎을 주었다. 아버지는 토끼가 저렇게 둥글게 몸을 말고 있다가 어느 순간 가볍게 뛰는 게 놀랍다고 말하곤 했다. 아버지는 그걸 가능성이라고 불렀다. 토끼가 깡충깡충 뛸 수 있는 가능성은 정말 신비로워. 생명은 무엇이든 신비롭지만. 토끼는 작고 통통하고 보드라운데, 재빠르단다. 아빠는 그게 좋아.

잠시 뒤 택시기사에게 전화가 왔다. 나는 밖으로 나가면서 아버지가 서재에 틀어박힌 다음 토끼장을 서재로 옮긴 것까지 기억해냈다. 그런데 그다음부터 기억이 없었다. 아무리 기억을 더듬어보아도 토끼에게 먹이를 준 적이 없었다. 언제부터인가 서재는 안 쓰는 물건을 넣어두는 창고가 되었다. 『변신』에서 그레고르의 방이 그렇듯이.

어느새 하늘에 붉은 스카프처럼 부드러운 무늬가 퍼져 있었다. 주변 빌딩에는 붉은빛이 기름처럼 겉돌았다. 인도에 서서 잠시 기다리자 낡은 EF 쏘나타 택시가 다가와서 멈춰 섰다. 조수석 창문이 내려지고 곱슬머리에 너그러운 눈매의 남자가 기자님? 하며 나를 불렀다. 기사는 정이 가는 외모였다. 그런데 목소리가 가늘고 성급했다. 택시기사는 내가 조수석에 타자마자 말을 쏟아냈다.

아버지는 이십대부터 택시 운전을 하셨대요. 하루에 열다섯 시간씩. 나머지 시간에는 씻고 밥 먹고 텔레비전 보고 자는 게 전부예요. 어머니는 평생 외로워하다가 일찍 죽었어요. 어렸을 적에는 그런 아버지가 미웠어요. 하지만 지금은 이해할 수 있어요. 저도 그렇게 살고 있거든요. 이게 다 할아버지의 노름빚을 갚기 위한 일이에요. 아버지가 평생을 바쳐 갚은 액수는 5억 3263만 원이고, 저는 앞으로 4년을 더 벌어야 해요. 그러면 모두 갚을 수 있어요.

기사는 작심한 듯 말을 이었다. 서울은 아주 크잖아요. 그런데 손님들은 택시에 타면 종로 보령 약국이요, 잠실 병원이요, 천호 현대 백화점이요, 가산 디지털 단지요, 하고 목적지를 거침없이 말해요. 지금이야 내비게이션이 있지만 몇 년 전까지는 어디 그랬나요. 엄청 헤맸지요. 그러다 어느 순간 마음을 비우고 자동차에 모든 것을 맡기니까 저절로 그 장소에 도착하더라고요. 나는 어이가 없어서 웃었다. 기사는 자기 이야기에 빠져서 나의 반응에 신경 쓰지 않았다.

그러더니 대단한 비밀이라도 털어놓으려는 듯 눈을 크게 뜨며 그거 아세요? 하고 물었다. 나는 의례적으로 뭐요? 하고 되물었다. 새벽에 운전자 없이 돌아다니는 택시들이 많아요. 나는 뜨악해서 기사를 쳐다보았다. 그는 속이 후련한 듯 미소 지으며 말을 이었다. 운전을 오래 한 기사들이 택시와 합체를 한 거죠. 기자님, 생각해보세요. 어쩌면 물건의 삶이 더 나은지도 몰라요. 먹고 잘 필요도 없고, 돈 벌려고 아등바등 애쓰지도 않아도 되고, 결혼이나 육아 같은 것에 신경 쓸 필요도 없고. 정말 편한 삶이잖아요. 저는 물건이 되고 싶어요. 디자인이 잘된 구두가 좋을 것 같아요. 누군가의 발에 꼭 맞는 구두가 되어 함께 여행을 다니면 멋지겠죠. 아니면 아버지처럼 택시로 변해서 서울 구석구석을 돌아다니는 것도 나쁘지 않고요.

나는 한계에 다다르고 있었다. 정상적인 사람들과 나누는 평범한 대화가 그리웠다. 다행히 이제 사거리만 지나면 '뉴스 노마드'의 사무실이었다. 신호가 바뀌자 자동차들이 일제히 앞으로 나아갔다. 나는 자동차의 흐름을 눈으로 좇았다. 그런데 어느 순간 브레이크 소리가 여기저기서 솟아올랐다. 기사도 황급히 자동차를 세웠다. 앞에 서 있는 자동차에서 사람들이 문을 열고 도로로 내려섰다. 기사와 나도 밖으로 나갔다.

앞쪽 멀리에 사람들이 둥그렇게 모여 있었다. 우리는 서둘러 그리로 갔지만, 거기 닿기 전에 사람들이 깨진 컵처럼 벌어졌다. 그리고 그 속에서 흰색의 무언가가 튀어 올랐다. 강아지인 듯했다. 파란 추리닝을 입은 남자가 그 뒤를 쫓았다. 사람들이 서둘러 자동차에 올라탔다. 나는 기사에게 악수를 청했다. 오늘 시간 내주어서 감사하다고 말하자 기사는 고마워하는 눈치였다. 나는 길을 건넜다. 멀리 강아지를 따라 달리는 추리닝 남자의 뒷모습이 보였다. 강아지와 남자 사이는 점점 더 멀어지고 있었다.

카프카 신드롬

내 앞의 이면지에 카프카, 소송, 성, 변신, 변신 로봇, 건담, 겐타로보, 발키리, 다간, 그랑조, 볼트론, 동물과 식물의 원소는 거의 동일, 주체는 상징계로 들어가야만 주체가 된다, 기표는 기의에 닿지 못하고 계속 미끄러진다 등이 적혀 있었다. 나는 그것들을 뚫어지게 바라보다가 눈을 감았다. 강아지를 쫓는 남자가 어른거렸다. 그런데 강아지였을까. 토끼가 아니었을까. 어느 순간 강아지가 토끼로 변하여 깡충깡충 도심을 가로질러 뛰었다.

—카프카 신드롬?

등 뒤에서 뇌 선배의 목소리가 들렸다. 나는 재빨리 이면지를 뒤집었다. 뇌 선배가 감추기는, 벌써 다 봤어, 카프카 신드롬? 좋은데! 하고 말했다. 선배는 책상으로 가면서 기자들 들으라는 듯이 역시 작가라 다르구나, 얼른 써서 보내! 하고 덧붙였다. 나는 뭐라고 한마디 하려다가 삼켰다. 뇌 선배는 의자에 앉기 전에 소리쳤다. 이제 마감까지 한 시간 남았다, 다들 알지? 얼른 송고해! 우리가 블랙리스트인 거 알지? 인쇄소 사장님 보기 민망해 죽겠다! 이봐, 박 기자, 오늘도 제일 늦으면 알아서 해! 나랑 같이 밤새자! 기자들아, 나 좀 봐줘, 일찍 들어가서 마누라한테 이쁨 좀 받자!

나는 다시 이면지를 뒤집었다. 어서 무언가 써야 하는데, 여전히 머리가 꽉 막혀 있었다. 이면지를 쳐다보며 아침에 뇌 선배와 나눈 대화부터 되짚어보았다. '실종자 가족 연합' 홈페이지와 바비 그리고 튤립 할아버지와 택시 운전기사. 여기까지 생각하자, 무언가 빠진 것 같다는 생각이 들었다. 나는 다시 한 번 기억을 더듬었고, 그제야 불규칙한 계단이 떠올랐다. 종잡을 수 없었던 계단. 폭이 너무 좁고, 높이가 다르고, 두 계단 사이가 뭉개지고, 어린아이도 걷기 힘들 정도로 잘게 나뉘고, 가운데에 물이 고여 있고, 옆으로 기울어진 계단. 그 계단을 오르지 않았다면 이 모든 일이 벌어지지 않았을까. 아니면, 그 계단을 도로 내려갔다면 모든 게 없던 일이 될까.

계단을 떠올리자 꺾인 발목이 새삼 욱신거렸다. 나는 옆자리 기자에게 파스가 있느냐고 물었다. 기자는 아무 말 없이 책상 제일 아래 서랍을 열었다. 거기에 광택이 나는 초록색 사슴벌레가 놓여 있었다. 서랍에 오직 사슴벌레만 있었다. 수컷 사슴처럼 길게 휘어진 두 개의 뿔을 가진 사슴벌레가 엎드려 있었다. 기자는 서둘러 서랍을 닫고, 바로 위 서랍을 열어서 파스를 꺼내주었다. 그리고 안경 너머 날렵한 눈으로 나를 살폈다. 나는 모르는 척 발목에 파스를 붙였다. 눈앞에 방금 본 사슴벌레가 어른거렸다.

컴퓨터를 켰다. 계속 이렇게 있다가는 아무것도 못 쓸 것 같아서 될 대로 되라는 심정으로 자판에 손을 올렸다. 밑도 끝도 없는 행동이지만, 손가락이 움직였다. 까만 활자가 빠르게 화면을 채웠다. 나는 점점 더 흥분해서 문장을 적어 내려갔다. 무언가에 홀린 것처럼 자판을 두드렸다. 아무 생각도 하지 않은 채 손에 모든 걸 맡겼다. 그러다 멈추고 화면을 보았다. 화면을 채우고 있는 문장들이 줄에서 풀어져 나와 소용돌이치고 있었다. 나는 이게 무슨 일인가 싶어서 눈을 깜빡거렸다. 빙빙 돌던 문장이 가운데로 몰려들어 5백 원짜리 동전만 한 까만 점이 되었다. 까만 점은 꿈틀거리다가 탁 터져서 토끼가 되었다. 까만 매직으로 그린 것 같은 토끼가 귀를 세우고 나를 쳐다보았다. 토끼가 코와 입 주변을 씰룩거렸다. 무언가 할 말이 있는 듯해서 나는 숨을 죽였다.

그때 파스를 빌려준 기자가 팔을 툭 쳤다. 뇌 선배가 소리를 지르고 있었다. 너 왜 안 보내? 제목 뽑았잖아, 그까짓 게 뭐라고 시간을 끄냐! 나는 고개를 돌려 예, 예, 하고 건성으로 대답한 다음 다시 화면을 보았다. 하지만 토끼는 사라지고 없었다. 검은 문장만이 차곡차곡 쌓여 있을 뿐이었다. 어쩐지 허탈해져서 의자 등받이에 기대어 천장을 보았다. 천장에 붙은 번데기 같은 먼지는 사라지고 없었다. 나는 매끈한 천장을 바라보며 카프카, 카프카, 카프카, 하고 중얼거렸다. 그리고 잠시 뒤 허리를 반듯이 세우고 자판에 손을 올렸다. 손가락이 토끼의 몸놀림처럼 가볍게 움직였다.

서천꽃밭 꽃들에게

옛날 옛날에 동해바다 용왕이

잘칵, 여자가 카세트의 녹음 정지 버튼을 눌렀다. 책을 읽던 아이가 고개를 들었다. 여자는 옛날 옛날에를 빼는 게 좋겠다, 촌스러워, 하고 말했다. 아이는 고개를 끄덕였다. 여자의 말을 이해할 수 없지만, 어서 숙제를 마치고 싶었다. 아이는 다시 동화책을 읽었다.

동해바다 용왕이 서해바다 용녀를 맞아들여 부부가 되었습니다.

잘칵, 여자가 또다시 정지 버튼을 눌렀다. 아이가 벽시계를 보았다. 8시. 빨리 녹음을 마쳐야 10시에 하는 드라마를 볼 수 있었다. 그래서 왜? 하고 물었다. 여자가 말했다. '옛날 옛날에'를 넣는 게 좋겠다. 그냥 하니까 이상해.

아이는 한숨을 내쉬었다. 어버이날을 맞아 학교에서 부모님에게 줄 선물을 만들어오라는 숙제를 내주었다. 아이와 여자는 오후 내내 고민하다가 남자에게 동화책을 녹음해주기로 했다. 인터넷 수리기사인 남자는 자동차에서 보내는 시간이 길었다. 아이는 라푼젤, 백설 공주, 신데렐라 같은 이야기를 녹음하고 싶었다. 아이의 방 디즈니 스탠드 갓에 그려져 있는 공주들. 하지만 여자는 고개를 내젓더니 책장에서 『탄생신, 삼신 할멈』을 꺼냈다. 책 표지에 검은 망토를 두른 할머니와 자주색 한복을 입은 소녀가 마주 서 있었다. 그녀들 뒤로 넓은 꽃밭이 펼쳐져 있었다.

여자는 동화책을 품에 안은 채 탄생신 삼신 할멈에서 에티오피아의 기아 문제로 또 북극의 빙산이 녹는 것으로 주제를 옮겨가며 떠들어댔다. 아이는 한 주제에 정착하지 못하고 다른 주제로 튀는 여자의 수다를 흘려듣는 데 익숙했다. 그러한 생각의 비약적인 점프는 아이의 숙제에 긍정적으로 작용했다. 예를 들어, 민족의 동질성 회복에 관한 글짓기를 써오라고 하면 〈크로싱〉이라는 탈북자와 아들의 비극적 운명을 그린 영화의 감상문을 쓰게 하고, 과학상상 그리기는 팝아트라며 붉은 루비처럼 생긴 성단 사진을 컬러 프린트해서 거기에 유화 물감으로 우주기지를 덧그리게 했다. 선생님은 자주 아이의 숙제를 반 아이들에게 보이며 이런저런 설명을 해주었다.

여자가 녹음 버튼과 플레이 버튼을 동시에 누르며 시작, 하고 속삭였다. 아이는 『탄생신, 삼신 할멈』을 소리 내어 읽었다.

옛날 옛날에 동해바다 용왕이 서해바다 용녀를 맞아들여 부부가 되었습니다. 용왕 부부는 먹을 것과 입을 것이 풍족하고 아름다운 용궁에서 사는 데다 내외간의 금실도 좋아서 부러울 것이 없었습니다. 단 한 가지 걱정이 있다면 혼인한 지 30년이 지나도록 자식이 없다는 것이었습니다. 그래서 부부는 옥황상제 천지 왕께 빌어보기로 했습니다. 석 달 열흘 동안 아침저녁으로 목욕재계하고 정성을 다해 빌자 용녀 부인에게 태기가 있었습니다. 열 달이 차서 아기를 낳았는데 어여쁜 딸이었습니다.

그때 여자가 중얼거렸다. 나도 목욕재계를 해볼까. 아이는 여자의 목소리까지 녹음된 것 같아서 소리를 질렀다. 엄마! 여자는 왜? 하고 묻다가 어머! 맞다! 녹음 중이지, 미안, 하며 정지 버튼을 눌렀다. 아이는 화가 났다. 여자는 늘 이런 식이었다. 공상에 빠져서 하던 일을 잊어버리기 일쑤고 덤벙거렸다. 아이 친구 예서 엄마는 정반대였다. 예서 엄마는 언제나 침착하고 상냥했다. 요리 솜씨도 좋았다. 아이가 놀러 가면 초콜릿 쿠키를 굽고, 딸기 셰이크를 만들어주었다.

여자는 되감기와 플레이 버튼을 반복해서 눌렀다. 너무 많이 앞으로 감겨서 동화책의 첫 부분이 시작되거나, 너무 뒤로 감겨서 아무 소리도 들리지 않았다. 아이는 한숨을 내쉬며 소파 뒤 텅 빈 벽을 바라보았다. 예서네 집에는 바로 그 벽에 주황색 꽃이 피어 있었다. 꽃에서 향기가 나는 특이한 벽지였다. 게다가 커튼에는 앙

증맞은 덩굴장미가 수놓아져 있고, 카펫에는 노란 해바라기가 피어 있었다. 또한, 예서 방 방문에는 라넌큘러스와 호접란, 프리지어로 만들어진 리스가 걸려 있었다. 모두 다 예서가 원하는 것이었다. 예서 엄마는 예서가 원하는 것이라면 무엇이든 들어주었다.

아이는 예서네 집에 자주 놀러 갔다. 아이와 예서는 함께 숙제하고 텔레비전도 보았다. 식사 때가 되면 예서 엄마가 해준 밥을 먹고, 그림을 그리고, 피아노도 쳤다. 그러다 심심해지면 수다를 떨었다. 아이는 주로 이사 오기 전에 살던 동네에 관해서 이야기했다. 예서는 태어나면서부터 한동네에 살아서 다른 곳에 대해 듣는 걸 좋아했다. 아이는 신이 나서 떠들어댔다.

아이가 전에 살던 동네는 야트막한 토성이 긴 강줄기처럼 흐르고, 토성에 등을 기대고 재래시장이 이어져 있었다. 부모가 출근하면 아이는 세 살 터울 남동생을 데리고 토성에 올랐다. 토성에는 카펫처럼 잔디가 깔려 있었다. 아이와 남동생은 푹신한 잔디에 앉아 시장 어른들을 관찰했다. 피자집 아저씨는 안마시술소에 들락거리고, 도장집 아저씨는 네일아트 가게 앞에 몰래 쓰레기를 버렸다. 족발집 아저씨와 샌드위치 가게 아줌마는 매주 수요일 정오에 골목 모퉁이에서 만나 손을 잡고 어딘가로 갔다. 족발집 아줌마는 아무것도 모르고 족발을 삶았다.

아이와 동생은 토성에서 떠돌이 개나 고양이를 쫓아다니기도 했다. 그러던 어느 날, 털이 바닐라 아이스크림처럼 새하얀 토끼를 잡았다. 얼떨결에 토끼를 잡은 아이와 동생은 집으로 데리고 갔다. 토끼는 방구석에 몸을 동그랗게 뭉치고 앉아서 눈만 깜빡거렸다. 당근과 배추를 먹을 때를 제외하고는 움직이지 않고 작고 동그란 똥만 싸댔다. 똥을 치우는 건 아이와 동생의 몫이었다. 둘은 서로 미루다가 여자에게 혼이 났다. 그러던 어느 날, 아침에 일어나 보니 토끼가 없었다. 아이와 동생은 토끼를 찾지 않았다. 똥을 치우지 않게 된 것이 기쁠 뿐이었다.

늦은 오후에 아이와 동생은 간식을 사 먹었다. 아이가 5백 원짜리 동전을 주면 동생이 토성에서 시장으로 뛰어내려가 고추장 국물이 잔뜩 밴 어묵이나 기름에 튀긴 호떡을 사가지고 왔다. 그러면 아이가 먼저 한입 베어 물었다. 동생은 눈을 동그랗게 뜨고 누나의 입만 쳐다보았다. 아이는 언제나 딱 한 입만 먹고 동생에게 넘겼다. 동생은 남은 어묵이나 호떡을 한꺼번에 입에 욱여넣고 씹었다. 빼앗아 먹지 않겠다고 말해도 소용없었다. 동생은 먹성이 좋았다. 심부름도 잘하고, 개그맨 흉내를 똑같이 냈다. 아이돌의 노래와 안무도 제법 비슷하게 따라 했다.

하지만 이제 토성에 올라가도 재미가 없을 거라고 아이는 생각했다. 동생은 죽었다. 죽는 게 어떤 건지 잘 모르지만, 동생이 돌아오지 않으리라는 건 알고 있었다. 그런데도 아이는 여자에게 동생이 언제 돌아오느냐고 묻곤 했다. 여자는 아이의 질문을 받을 때마다 아이스크림을 사주었다. 아이는 아이스크림이 먹고 싶으면 동생이 보고 싶다고 말했다. 하지만 동생이 죽고 나서 넓은 아파트로 이사하고, 직장을 그만둔 여자가 숙제와 간식을 신경 써주고, 그토록 배우고 싶던 피아노와 수영에 등록했다. 또한 새로운 학교로 옮긴 뒤 예서와도 사귀게 되었다. 아이는 동생이 돌아오는 것을 바라지 않았다.

여자가 카세트의 정지 버튼을 누르며 아까 읽었던 곳부터 읽으면 돼, 하고 말했다. 아이는 어디까지 읽었는지 기억나지 않아서 여자를 보았다. 여자는 책을 살피는가 싶더니 테이프를 되감았다. 아이는 입술을 깨물었다. 어느새 9시였다. 드라마 시작까지 한 시간도 남지 않았다. 아이와 예서는 월요일과 화요일 밤 10시에 하는 미니 시리즈 드라마의 열렬한 팬이었다. 아이는 쉬는 시간마다 예서와 그 드라마 이야기를 했다. 그 드라마는 요즘 절정이었다. 남자 주인공이 여자 주인공을 사랑하는데 떠나보내려 하고 있었다.

카세트의 여러 가지 버튼을 눌러대는 여자를 보며 아이는 한숨을 내쉬었다. 여자는 잘하는 게 없고, 이상한 고집이 있었다. 휴대폰만 해도 그랬다. 예서는 드라마가 끝나자마자 통화를 하고 싶다고 여러 차례 말했었다. 아이도 휴대폰을 가지고 싶었다. 하지만 여자는 초등학교 4학년이 되어야 사주겠다고 말했다. 같은 반 친구들이 모두 휴대폰을 가지고 있다고 말해도 소용없었다. 아이는 동화책을 녹음하는 게 기회라고 생각했다. 남자는 동화책이 녹음된 테이프를 받으면 갖고 싶은 걸 말해보라며 큰소리를 칠 것이었다. 아이가 무언가 선물하면 항상 그랬다.

이윽고 여자가 정지 버튼을 누르며 말했다. 어여쁜 딸이었습니다, 다음부터 읽으면 돼.

용왕 부부는 늘그막에 얻은 외동딸이 귀여워서 잘못한 일이 있어도 나무라는 법 없이, '허허 하하' 웃으며 키웠습니다. 그랬더니 버릇이 고약해져서 못된 짓만 골라가며 했습니다. 한 살 때는 어머니를 때리고, 두 살 때는 아버지 수염을 뽑고, 세 살 때는 물건을 던지고, 네 살 때는 남의 집 곡식을 뽑고, 다섯 살 때는 남의 집에 돌을 던지고, 여섯 살 때는 동네 어린아이들을 울리고, 일곱 살 때는 마을 어른들한테 욕을 하고, 여덟 살 때는 나쁜 말을 동네방네 옮기고, 아홉 살 때는 거짓말을 해서 마을 사람들을 싸우게 했습니다. 용궁의 백성들은 탄원하였습니다. 용왕은 계속되는 원성에 공주를 내쫓기로 결심했습니다. 그래서 쇠철이 쇠도령을 시켜 무쇠로 커다란 함을 만들도록 지시했습니다.

초인종이 울렸다. 아이는 아빠다! 하고 소리 지르며 현관으로 달려갔다. 그리고 남자의 품에 안겼다. 남자에게서 희미하게 숯불고기 냄새가 났다. 아이는 그 냄새가 좋아서 남자의 품으로 더 깊이 파고들었다. 남자는 아이를 번쩍 안아 들고 구두를 벗은 뒤 거실로 올라갔다. 여자는 왔어요? 얼른 씻고 와서 애 숙제 좀 봐줘요, 빨래 널어야 하니까, 하고 말했다. 아이는 남자가 안방으로 들어가는 것을 보고 가세트 앞으로 갔다. 여자는 읽다가 만 곳을 검지로 집어주었다.

쇠함이 완성되자 용왕은 공주를 불러 그 안에 들어가게 했습니다. 공주는 들어가기 전 어머니에게 나는 이제 어디로 갑니까? 하고 물었습니다. 어머니는 쇠함이 물결을 타고 흘러가면 아마도 인간 세상에 가서 닿을 거야, 하고 대답했습니다. 공주는 거기서 나는 무엇을 하고 삽니까? 하고 물었습니다. 어머니는 거기에 아직 삼신이 없다 하니, 삼신이 되어 집집이 아기를 점지해주며 살아가거라, 하고 말했습니다. 그러면서 삼신의 옷인 남색 저고리와 자주색 치마를, 삼신의 물건인 가위와 참실을 주었습니다.

여자는 아이가 책을 읽는 내내 머리를 위아래로 끄덕이거나 어머, 아하, 하고 주절거렸다. 아이는 신경질이 났다. 예서 엄마라면 이러지 않을 거였다. 아이는 여자가 동생처럼 죽어버리면 좋겠다고 생각했다. 그러면 아빠가 없는 예서와 예서 엄마와 남자와 자신이 함께 살 수 있을 텐데. 그러면 행복할 텐데.

공주는 어떻게 하면 아기를 낳게 하는지 몰랐습니다. 그래서 아기는 어떻게 낳게 합니까? 하고 물었습니다. 어머니는 삼신으로서 할 일을 일러주기 시작했습니다. “아기 낳을 어머니 몸에 피 살려 석 달 열흘, 살 살려 석 달 열흘.” 거기까지 말했을 때 아버지가 죄를 지어 쫓겨 가는 아이에게 무엇을 가르치려 하십니까! 하고 소리를 질렀습니다. 그러고는 쇠함의 뚜껑을 덮고 3백 근 자물쇠로 잠가서 용궁 밖으로 던졌습니다. 쇠함은 아홉 해를 하염없이 떠다녔습니다.

*

남자는 안방으로 들어가자마자 점퍼를 벗고 화장실로 갔다. 소변을 보고, 이를 닦고, 세수를 했다. 그러고 나서 남방과 면바지를 벗었다. 잠시 침대에 걸터앉아 있다가 다시 일어나 트레이닝복을 입었다. 그리고 침대에 널브러진 카디건을 걸쳤다. 목과 손목에 파란 선이 둘린 카디건은 오래되었지만 모(毛) 함유량이 많고 두꺼워서 따스했다. 남자는 양말까지 꺼내 신었다.

아파트로 이사하고 얼마 지나지 않아 여자는 불쾌한 냄새가 난다며 에어컨을 틀기 시작했다. 남자는 냄새가 나면 환기를 하면 되지 여름도 아닌데 에어컨을 트는 게 말이 되느냐고 한마디 했다. 그러자 여자가 눈동자를 이리저리 굴리며 물었다. 퀴퀴한 냄새 안 나? 토할 것 같은 냄새 말이야. 시체 썩는 냄새 같은 거. 남자는 섬뜩해져서 아무런 대꾸도 하지 못했다. 그러다 말겠지 싶어서 내버려두었다. 하지만 실내 온도가 점점 낮아지고 있었다. 게다가 여자는 매일 빨래를 했다. 다용도실은 물론이고 작은방까지 빨래가 널려 있는 건조대로 채워져 있는데도 멈추지 않았다.

남자는 아이가 잠들고 나면 여자에게 한마디 해야겠다고 생각하며 거실로 나갔다. 조끼를 입은 여자와 카디건을 입은 아이가 카세트 앞에서 머리를 맞대고 있었다. 오늘은 무슨 숙제일까. 아파트에 이사 온 뒤로 남자는 저녁 시간에 아이의 숙제를 봐주곤 했다. 어제는 부모님 발 씻겨드리기가 숙제였다. 남자는 당황했다. 아이의 작은 손에 발을 맡기는 게 미안했다. 막상 아이의 손이 발에 닿자 코가 시큰해져서 고개를 돌렸다. 거실 유리창에 모든 게 비치고 있었다. 하얀 수건을 팔에 건 아내, 무릎을 꿇고 발을 씻겨주는 딸아이, 가죽 소파에 앉은 남자, 맞은편에 평면 텔레비전, 멀리 주방에 양문형 냉장고, 그 옆에 대리석 식탁까지.

천장을 울리는 궁 궁 궁 소리만 아니라면 더 바랄 게 없을 텐데. 매일 밤 천장이 울리는 소리가 남자의 신경을 자극했다. 소리는 작게 울리다가 불시에 커지고 이내 다시 작아졌다. 남자는 여자에게 말했지만, 아파트에서 그 정도는 별일 아니라는 반응이었다. 아이는 소리가 들려도 평화로워 보였다. 그러나 남자는 머리 위에서 누군가 돌아다니는 것 같아 기분이 나빴다. 어떤 때는 천장이 조금씩 낮아지는 느낌이 들어서 숨이 막혔다. 남자는 얼굴을 구기며 여자 옆으로 갔다. 여자는 입만 벙싯거리며 왜? 하고 물었다. 남자는 손가락으로 천장을 가리켰다. 여자는 남자의 어깨를 토닥인 뒤 다용도실로 갔다. 아이는 계속 책을 읽어 내려갔다.

쇠함에서 아리따운 아가씨가 걸어 나왔습니다. 마을 사람들은 깜짝 놀라서 "대체 누구십니까?" 하고 물었습니다. 그러자 공주가 대답했습니다. "나는 동해 용왕의 딸로 아기를 낳게 하는 삼신 노릇을 하러 왔습니다." 그때까지 삼신이 없어서 아기가 어머니 배에서 태어나지 못하고 큰 산이나 너른 들판, 우물가 혹은 처마 아래에서 생기는 형편이었습니다. 사람들은 아기를 얻고 싶으면 부처님이나 옥황상제께 빌었고, 운이 좋으면 아기를 바위 밑이나 우물가에서 주워 왔습니다. 그러니 아기가 귀해서 열에 아홉은 평생 아기를 못 얻었습니다.

아이를 큰 산, 너른 들판, 우물가, 처마 아래, 바위 밑에서 줍다니 황당한 이야기였다. 동화책에는 고운 빛깔의 한복을 입은 앳된 아가씨가 몇몇 사람들에게 절을 받는 장면이 그려져 있었다. 남자는 페이지 숫자 옆에 적힌 '탄생신, 삼신 할멈'이라는 작은 글씨를 발견했다. 탄생신이라는 말이 어쩐지 우습고, 삼신 할멈은 낯설었다. 남자가 피식 웃었다. 삼신 할멈이 나오는 동화책이라니. 남자는 삼신 할멈은 할머니들이 해주는 옛날이야기 속에나 나오는 인물로 생각했었다.

갑자기 아이가 책 읽기를 멈췄다. 그리고 남자를 쳐다보았다. 남자는 카세트의 정지 버튼을 눌렀다. 왜? 아이가 풀 죽은 목소리로 물었다. 이거 재미없죠? 남자는 아이가 자신의 헛웃음에 이렇게 반응하는 거로 생각했다. 미안한 마음에 아이의 머리를 쓰다듬었다. 아이는 졸린지 눈을 비비며 강아지처럼 남자의 손길을 받아들였다. 어렸을 때부터 걱정거리를 만들지 않는 아이였다. 집을 어지럽히지도 않고, 말귀를 잘 알아들었다. 남자는 아이에게 애정이 솟는 것을 느꼈다.

그리고 생각했다. 아마 동화책을 녹음하는 것이 숙제인 모양이다. 재미가 있든 없든 나와 상관없는 일이다. 지금 다시 녹음하려면 동화책을 고르고 처음부터 읽어야 한다. 벌써 9시 30분이다. 15분 뒤면 스포츠 뉴스가 시작한다. 한일전 야구와 해외 축구 하이라이트를 봐야 한다. 내가 할 일은 아이 엄마가 빨래 너는 동안 아이 옆에 있어주는 것이다. 일을 복잡하게 만들 필요가 없다. 남자는 아이를 향해 싱긋 웃으며 말했다. 재미있는데, 뭘. 아이가 미소 지으며 입을 열었다.

"이거 어버이날 선물이에요. 운전하면서 들으세요."

남자는 카세트테이프에 녹음된 아이의 목소리를 들으며 운전하는 스스로의 모습을 그려보았다. 아이의 목소리를 들으며 이동하면 지겨운 일상이 견디기 쉬워질는지. 적어도 이상적인 아버지처럼 보이기는 할 것 같았다. 그러한 생각들이 거대한 손처럼 남자의 마음을 지그시 눌렀다. 긍정적인 감정이 쏟아져 나왔다. 남자가 물었다.

"선물을 받기만 하면 안 되지! 갖고 싶은 거 있으면 말해봐. 아빠가 다 사줄게!"

아이가 남자의 목에 팔을 감으며 속삭였다.

"휴대폰이요."

남자가 아이의 등을 토닥이며 말했다.

"일요일에 사러 가자. 어때?"

아이가 힘차게 고개를 끄덕였다. 남자는 아이의 순수한 반응이 기뻤다. 그래서 다시 한 번 아이를 꼭 안아주었다. 그러고 나서 얼른 녹음하자, 응? 하고 말했다. 아이는 입을 크게 벌려 하품하더니 책으로 고개를 숙였다.

동해 용왕의 딸은 그 뒤로 여기저기 돌아다니며 삼신 행세를 했습니다. 그런데 어머니에게 묻다 말고 떠나온 터라 아는 것이 없었습니다. 그래서 여인네들을 보면 마음 내키는 대로 아기를 낳게 했습니다. 남자의 눈이 휘둥그렇게 커졌다. 내키는 대로 아기를 낳게 하다니, 말도 안 되었다. 동화책에 이렇게 엽기적인 이야기가 나오다니. 삼신이 지나가면 결혼 안 한 처녀가 아기를 배고, 호호백발 할머니도 아기를 낳고, 누구든 아기를 배었습니다. 또한, 어떤 사람은 아기 밴 지 석 달 만에 낳고, 다른 사람은 3년이 지나도록 낳지 못했습니다. 남자는 얼굴을 찌푸렸다. 석 달 만에 낳은 아기가 정상일지, 3년이 지나도 아기를 낳지 못하면 산모와 아기가 어떨지 걱정이 되었다. 게다가 삼신은 제대로 아기를 키울 줄도 몰라서 태어난 지 한 달 만에 죽거나 1년 만에 죽는 일도 다반사였습니다. 집집마다 울음이 그칠 날이 없었습니다. 그렇다면, 남자는 생각했다. 작은아이가 어이없이 죽은 것도 삼신이 제대로 돌봐주지 못해서가 아닐까. 지난해 여름, 가볍고 상쾌한 바람이 부는 날에 남자, 여자, 아이 그리고 작은아이가 계곡으로 소풍을 갔었다. 아이와 작은아이는 물에 들어가서 물장구를 치고, 튜브도 탔다. 그런데 그날 밤부터 작은아이가 물똥을 싸기 시작했다. 다음 날 여자는 회사를 결근하고, 작은아이를 병원으로 데려갔다. 남자는 점심시간에 작은아이가 고열로 입원했다는 연락을 받았다. 작은아이는 원인불명의 혼수상태였다. 그러다 자정을 못 넘기고 죽었다. 여자는 실신했다. 남자는 혼자 장례를 치러야 했다. 온갖 서류를 작성하고 손님들을 접대했다. 초보 삼신의 행태를 견디다 못한 백성들이 높은 산에 단을 쌓았습니다. 세상을 살피던 옥황상제는 황금산 도단절 무야 스님을 불러서 인간 세상에 무슨 일이 생긴 건지 알아오라고 명령했습니다. 그런데 어느 집도 무야 스님에게 문을 열어주지 않았습니다. 어떤 집에서는 처녀가 아기를 낳아서 온 식구가 탄식하고, 다른 집에서는 태어난 지 석 달도 안 된 아기가 죽어서 통곡을 하고, 어떤 집에서는 아이들끼리 싸우느라 야단이었습니다. 남자는 장지에서 내려오는 길에 소리 내어 울었다. 다시는 작은아이를 볼 수 없다는 사실이 안타까웠다. 장모가 다가와 어깨를 다독여주었다. 장인이 옆에서 아이는 또 가지면 된다고 말했다. 남자는 울먹이는 중에도 제 생각이 장인과 다르다는 걸 알았다. 남자는 아이를 가지고 싶지 않았다. 앞으로 아이를 한 명만 양육하면 된다는 사실이 싫지 않았다. 무야 스님은 하늘로 올라가 옥황상제께 보고 들은 것을 아뢰었습니다. 옥황상제는 진노하여 천하궁 벼슬아치들을 불러 모았습니다. 그리고 새 삼신을 추천하라고 명령했습니다. 사천왕이 인간 땅에 사는 지왕보살의 딸을 추천하였습니다. 그녀는 부모에게 효도하고 형제간에 우애 있고 어른을 공경하고 아이를 사랑한다는 게 추천의 이유였습니다. 옥황상제는 그녀를 천하궁으로 불렀습니다. 선녀들은 삼신이 되는 법을 일러주었습니다. 그해 연말에 남자의 통장으로 작은아이의 생명보험금이 입금되었다. 부부는 거기에 돈을 좀더 보태서 변두리에 작은 아파트를 샀다. 동네 사람들과 주위 친척들이 아이의 목숨 값으로 아파트를 산다며 수군거렸다. 하지만 부부는 앞으로 집 걱정을 하지 않아도 된다는 사실에 만족했다. 삼신이 할 일은 다음과 같았습니다. 아이 낳을 어머니 몸에 피 살려 석 달 열흘, 살 살려 석 달 열흘, 뼈 살려 석 달 열흘, 이렇게 한 지 열 달 만에 어머니 몸에 늘어진 뼈 당겨주고 오그라든 뼈 늦춰주어 순산하게 한다. 아기가 나오면 머리를 동쪽으로 하고 가위로 탯줄을 세 치 남기고 잘라 명주실로 꼭꼭 매어준 뒤 더운물에 씻긴다. 어머니에게는 미역국을 먹이고, 아기에게는 젖을 먹이며, 잡귀가 범접 못 하도록 금줄을 친다. 아이는 옳은 것은 좇게 하고, 그른 것은 멀리하게 하고, 부모에게 효도하고, 형제간에 우애 있고, 친척 간에 화목하고, 남에게 어질도록 가르친다. 아마 삼신이 작은아이의 생명을 그렇게 짧게 예정해놓지 않았다면, 남자와 여자와 아이는 아직도 지옥 같은 지하 셋방에서 허우적거리고 있을 것이었다. 그 방은 1년 내내 벽에 곰팡이가 피어 있고, 빨래가 제대로 마르지 않아서 늘 쉰내가 나고, 술집 뒷골목이어서 거의 매일 밤 취객이 창문에 소변이나 토사물을 배출해놓았다. 새 삼신 아기씨는 정월 초하루에 땅으로 내려갔습니다. 세상은 몹시 어지러웠습니다. 새 삼신 아기씨는 탄식하며 다니다가 어느 집 앞에 이르렀습니다. 배가 남산만 한 어머니가 문고리를 붙잡고 살려달라고 소리치며 울고 있었습니다. 아이를 밴 지 1년이 넘도록 낳지 못해서 그런 것이었습니다. 새 삼신 아기씨는 배운 대로 아기를 낳게 해주었습니다. 그런데 느닷없이 한 처녀가 도끼눈을 뜨고 집 안에 들어섰습니다. 궁 궁 궁, 궁 궁 궁, 궁 궁 궁. 천장을 울리는 소리가 점점 더 커지고 있었다. 남자는 아이가 동화책 읽는 소리에 집중하려고 애썼지만, 소리가 귓바퀴를 자극하고, 고막에 닿아 증폭되고, 뇌 속까지 휘저었다. 남자는 고통스러웠다. 소리가 남자를 옥죄어왔다. 심장이 날뛰고, 피가 빠르게 돌고, 손바닥이 땀으로 흥건해졌다.

어쩌면 퇴근 전 단골 갈매기살집에서 갈매기살에 곁들여 마신 소주 때문인지도 몰랐다. 아이의 동생이 살아 있을 때에는 적금과 보험금 때문에 엄두도 내지 못했지만, 요즘 남자는 이삼 일에 한 번씩 갈매기살집에 들렀다. 갈매기살에 소주를 마시며 앞으로 어떻게 살아야 할지 생각해보곤 했다. 좀더 나은 미래를 위해서는 컴퓨터 기능사 자격증이나 부동산 중개인 자격증 같은 것을 따야 한다는 것을 알고 있었다. 그러나 남자는 태권도를 배우고 싶었다. 어렸을 때 어려운 집안 형편 탓에 배우지 못한 태권도. 남자는 하얀 도복을 입고 허리에 검은 띠를 졸라매고 싶었다. 아니면, 헬스를 해서 팔과 등에 근육을 만들고 싶었다. 그것도 아니면, 피아노를 배우는 것도 나쁘지 않았다.

아파트로 이사를 오고 나서 아이는 피아노 학원에 등록했다. 남자는 아이와 나란히 앉아 피아노를 연주하는 장면을 상상해보았다. 여자는 그와 아이 옆에 서서 웃을 것이다. 흥이 나면 노래를 한 곡 부를 수도 있을 것이다. 그러면 그와 아이는 더욱 신이 나서 연주할 것이다. 그는 흐뭇하게 미소 지으며 책 읽는 아이를 바라보았다. 아이는 졸린지 눈을 비비며 읽어 내려갔다.

영문도 모른 채 동해 용왕의 딸에게 얻어맞은 새 삼신 아기씨는 높은 산에 단을 쌓고 옥황상제께 하나는 버리고 하나만 쓰라고 빌었습니다. 동해 삼신도 같은 이유로 옥황상제께 빌었습니다. 옥황상제는 둘을 모두 천하궁으로 불러들였습니다. 그러고는 은대야에 나무를 심어 석 달 열흘 뒤에 누구의 꽃이 더 잘 피었는지 보고 삼신을 결정하겠다고 말했습니다. 두 삼신은 정성을 다해 꽃을 가꾸었습니다. 처음 며칠 동안은 옛 삼신의 꽃이 더 잘 피었습니다. 석 달 열흘 뒤에 보니 옛 삼신의 꽃은 시들어 남은 것이 없고, 새 삼신의 꽃은 456백 가지로 눈부시게 피어 있었습니다.

*

다용도실에서 여자는 빨래를 건조대에 널고 있었다. 열린 문 사이로 아이의 목소리가 흘러들어왔다. 그런데 이야기가 진행될수록 마음이 불편해졌다. 옛 삼신은 버릇이 없다는 이유로 용궁에서 쫓겨나 쇠함에 갇혀 9년 동안 바다를 떠돌다가 간신히 육지에 닿는다. 옛 삼신은 삼신의 일을 제대로 배운 적이 없다. 옛 삼신 주변 사람 중 누구도 나쁜 버릇을 고치라고 충고하거나 삼신의 일을 가르쳐주지 않는다. 게다가 옛 삼신의 꽃은 아무런 이유도 없이 시들고, 새 삼신의 꽃은 456백 가지라는 말도 안 되는 엄청난 숫자로 만개한다.

어버이날 선물로 동화책을 녹음해가면 선생의 시선을 끌 거라고 여자는 생각했다. 게다가 텍스트가 한국 전래 동화라면 더 돋보일 것이었다. 어쩌면 여자가 아이를 한 명 더 낳고 싶어서 삼신할멈 이야기에 끌린 건지도 몰랐다. 하지만 이야기의 전개는 예상과 완전히 달랐다. 아이들이 읽는 동화인데 교훈이랄 게 전혀 없었다. 여자는 남자의 흰색 양말과 아이의 흰색 타이즈를 건조대에 널며 생각했다. 그래, 교훈이 뭐가 중요해. 인생은 알 수 없는 일투성이인데.

작은아이의 죽음이 그랬다. 어쩔 줄 몰라 발만 동동거리다가 모든 게 끝났다. 여자는 작은아이가 죽고 나서 한 달 동안 방에 누워 있었다. 눈이 무르고 체중이 급격히 줄어들었다. 그러던 어느 날, 여자는 몸을 일으켜 작은아이의 물건을 정리했다. 커다란 상자에 되는대로 쓸어 담았다. 그러다 작은아이가 죽기 전까지 단 한 번도 아프지 않았다는 사실을 깨달았다. 감기에 걸려 기침을 한 적도, 배탈이 나서 설사를 한 적도, 피부에 부스럼이 난 적도 없었다. 여름날 모기에 물려 빨갛게 부풀어도 약만 한번 바르면 금세 깨끗해졌었다.

어느새 작은아이가 죽은 지 1년이 지났다. 여자는 이제 삼십대 중반이었다. 아이를 한 명 더 낳을 수 있는 나이였다. 임신은 여자에게 좋은 기억으로 남아 있었다. 임신을 하면 여자의 피부는 여름날 구름처럼 윤기가 돌고, 머리카락은 갓 채취한 꿀처럼 반들거렸다. 가슴과 엉덩이에 보기 좋게 살이 붙고, 입술과 볼에 붉게 생기가 돌았다. 영양분이 여자에게서 아기에게로 가는 것이 아니라 거꾸로 아기에게서 여자에게로 이동하는 것 같았다. 차갑던 손발에 온기가 돌고, 무엇을 읽어도 금방 외워지고, 세상이 더 또렷하게 보였다. 게다가 남편은 물론이고, 친정과 시댁 식구들이 여자의 안위에 신경을 써주었다. 그 열 달 동안 여자는 주인공이었다.

지난 두 번의 임신 기간에는 직장 생활을 병행하느라 태교는커녕 퇴근하면 먹고 잠자기 바빴었다. 여자는 한 번 더 아기를 가지게 되면 태교를 제대로 해보고 싶었다. 모차르트, 바흐, 베토벤 같은 클래식을 듣고, 미술관에 가서 이런저런 전시를 보고, 육아 관련 책도 읽고, 괌으로 태교 여행도 가고 싶었다. 남편에게 태교 동화를 읽어달라고 하고, 아이에게도 동생에게 동화책을 읽어주라고 시킬 걸 생각하니 웃음이 나왔다. 여자는 첫째 아이를 임신했을 때는 순대를, 둘째 아이 때는 곱창을 입에 달고 살았었다. 셋째 아이 때는 무엇이 먹고 싶을지 궁금했다.

여자는 미소 지으며 아이의 분홍색 블라우스를 털어서 건조대에 널었다. 그리 넓지 않은 다용도실에 건조대 다섯 대가 빼곡히 있었다. 건조대마다 빨래가 널려 있었다. 미모사 향 섬유유연제 냄새가 진동했다. 여자는 미모사를 본 적이 없지만, 향기는 좋아했다. 아마 아름답고 탐스럽게 생긴 꽃일 거라 생각하며 남자의 셔츠를 옷걸이에 걸었다. 아이의 체크무늬 블루머도 널었다. 아마 동생이 생기면 가장 기뻐할 사람은 아이일 터였다. 아이는 아직도 가끔씩 동생이 언제 돌아오느냐고 묻곤 했다. 그때마다 여자는 눈물이 솟고 코끝이 아렸다. 대꾸를 하기 힘들어서 아이스크림을 사 주었다.

그런데 언제부터인가 아이의 목소리가 들리지 않았다. 여자는 다용도실 문을 좀더 열었다. 옛 삼신이 꽃을 피우는 것으로 삼신의 자격을 결정하는 것은 부당하다며 옥황상제에게 따지는 부분까지 들었다. 이야기의 진행이나 아이가 책 읽는 속도로 볼 때 녹음을 끝냈을 것 같지 않았다. 여자는 남자의 양말과 속옷들을 건조대에 대강 걸쳤다. 옥황상제가 뭐라고 답했을지 궁금했다.

다용도실에서 거실로 나가자 썰렁했다. 여자는 누빔 조끼를 여미며 팔짱을 꼈다. 5월에 에어컨을 켜는 게 정상이 아니라는 걸 여자도 알고 있었다. 아파트를 구할 때에는 주방에 창문이 없는 걸 신경 쓰지 못했다. 그건 전혀 고려 대상이 아니었다. 그저 지하 셋방이 아닌 지상에서, 그것도 아파트에서 살게 된다는 사실이 기쁘기만 했다. 하지만 이사 온 다음 날부터 악취가 시작되었다. 창문을 모두 열고, 독한 세제로 구석구석 닦아도 소용없었다. 여자는 주방의 모든 집기를 삶고, 개수대와 냉장고 안을 레몬 껍질로 수십 번 닦아냈다. 그래도 하루만 지나면 무언가 썩어 문드러지는 냄새가 났다. 어딘가 구석에서 쥐가 죽어 있을까 싶어서 전문업자를 불러 개수대를 전부 다 뜯어내기도 했다. 그래도 무덤에서 올라오는 것 같은 악취를 없앨 수 없었다.

어디에선가 온도가 낮으면 냄새가 덜 난다는 내용을 읽은 게 떠올라 여자는 에어컨을 틀었다. 남자는 처음에는 반대하더니 곧 잠잠해졌다. 여자는 냄새가 날 기미만 보이면 온도를 낮추었다. 조금씩 낮아지던 설정온도는 이제 10도 가까이 되었다. 어떤 날은 추워서 보일러를 돌리며 에어컨을 틀었다.

여자가 다가가자 소파에 기대어 앉아 텔레비전을 보던 남자가 리모컨의 소리 줄임 버튼을 해제했다. 귀에 익은 스포츠 아나운서의 우렁찬 목소리가 거실로 쏟아져 나왔다. 아이는 소파에 누워 잠들어 있었다. 화면에서 빨간 유니폼을 입은 축구선수들이 질주하고 있었다. 카메라가 축구선수들의 탄탄한 다리를 클로즈업했다. 곧이어 화면이 바뀌고 흰색 유니폼을 입은 야구선수가 배트를 휘두르며 느긋하게 타석으로 올라갔다. 여자는 텔레비전에서 시선을 거두고 동화책과 카세트를 챙겼다. 그것들을 먼저 아이 방에 가져다두고 잠든 아이를 안았다.

침대에 아이를 눕히고, 스탠드를 켜고, 방문을 닫고, 아이의 의자에 앉았다. 분홍색 디즈니 스탠드 갓에서 라푼젤, 백설 공주, 신데렐라가 환하게 빛나고 있었다. 탐스러운 금발 머리를 탑 아래로 늘어뜨린 라푼젤, 일곱 난쟁이에게 둘러싸인 백설 공주, 허리를 구부려 마룻바닥을 닦는 신데렐라. 만약 그녀들이 현실에 살고 있다면 〈세상에 이런 일이〉에 나올 만큼 기구한 운명이었다. 『탄생신, 삼신 할멈』에 나오는 옛 삼신도 그녀들에게 결코 밀리지 않았다. 여자는 카세트에 전원을 연결하고, 동화책을 넘겼다. 플레이 버튼을 누르자 아이의 목소리가 흘러나왔다.

옛 삼신은 옥황상제에게 따졌습니다. "삼신이 꽃만 잘 가꾸어서 무엇합니까? 아기 낳는 법을 잘 알아야 좋은 삼신이 아니겠습니까?" 옥황상제는 그 말도 옳다. 그러면 너희 중 누가 삼신의 일을 잘 아는지 물어보리라, 하고 말했습니다.

녹음은 거기서 끝이 났다. 여자는 정지 버튼을 누르고 의자 등받이에 기댔다. 하품이 나와서 팔을 위로 길게 폈다. 눈이 뻑뻑해서 감으니 금세 졸음이 덮쳤다. 잠시 아이 곁에서 눈을 붙이고 싶지만, 고개를 내저었다. 숙제를 마무리하고 눕는 게 마음이 편할 것 같았다. 책의 뒷부분이 궁금하기도 했다. 여자는 두어 번 목을 가다듬고 목구멍을 조이는 기분으로 소리를 냈다.

옥황상제는 먼저 옛 삼신에게 물었습니다. "아기는 몇 달 만에 낳게 하느냐?" "바쁘면 석 달, 안 바쁘면 3년 만에 낳게 합니다." "아기를 낳을 때는 어떻게 하느냐?" "배꼽을 북 찢어서 낳게 합니다." "아기가 나오면 어떻게 하느냐?" "도끼로 탯줄을 끊고 아기를 얼음물에 씻습니다." "아기는 어떻게 키우고 가르치느냐?" "가만히 내버려두면 저절로 잘 큽니다." 다음으로 옥황상제는 새 삼신에게 물었습니다. 새 삼신은 선녀들이 가르쳐준 대로 대답을 했습니다.

"예서야, 예서야아."

잘칵, 아이의 잠꼬대 소리에 여자가 카세트의 정지 버튼을 눌렀다. 아이는 자전거 페달을 구르듯 발을 휘저어 이불을 차냈다. 그리고 또다시 예서야, 예서야, 하고 잠꼬대를 했다. 여자는 아이의 몸을 침대에 바로 눕히고 이불을 덮어주었다. 아이는 벽 쪽으로 돌아누웠다. 그러더니 예서야, 가지 마, 예서야, 가지 마, 하며 손으로 벽을 쳤다.

여자는 아이가 예서와 친하게 지내는 게 못마땅했다. 처음 본 순간부터 예서가 마음에 들지 않았다. 당돌한 아이였다. 집에 처음 놀러 온 날 현관에 들어서자마자 감정하는 눈빛으로 집 안을 둘러보더니 아이에게 네가 우리 집에 자주 놀러 오는 이유를 알겠다, 하고 말했다. 여자는 그 이유가 궁금해서 오렌지 주스와 쿠키를 챙겨 방으로 따라 들어갔다. 예서는 오렌지 주스를 마시고 쿠키를 한입 베어 물더니 말했다. 전 인스턴트는 못 먹어요, 가지고 나가세요. 여자는 요새 아이가 밤 10시에 하는 미니 시리즈 드라마를 보는 것도 예서 때문일 거라고 짐작하고 있었다.

여자는 아이가 예서 같은 친구 말고 부모에게 효도하고 형제간에 우애 있고 어른을 공경하고 아이를 사랑하는 새 삼신 같은 친구를 사귀길 원했다. 여자는 아이의 잠꼬대가 잠잠해진 다음 다시 녹음 버튼과 플레이 버튼을 눌렀다.

두 삼신의 말을 다 듣고 옥황상제가 드디어 명을 내렸습니다. "새 삼신은 열두 선녀를 거느리고 인간 세상의 산 아기 낳는 일을 맞아보아라. 그리고 옛 삼신은 저승에 가서 죽은 아기의 영혼을 맡아 길러라." 새 삼신은 열두 선녀를 거느리고 서천으로 갔습니다. 서천의 꽃밭에 옥황상제께 받아온 다섯 가지 꽃씨를 뿌렸습니다. 새 삼신은 꽃이 가리키는 대로 아기를 점지해주었습니다. 푸른 꽃이 일어서면 용감한 아기, 하얀 꽃이 일어서면 슬기로운 아기, 붉은 꽃이 일어서면 복 많은 아기, 검은 꽃이 일어서면 수명이 긴 아기, 누른 꽃이 일어서면 예쁜 아기가 태어났습니다.

잘칵, 책을 다 읽은 여자가 동화책을 덮었다. 동화책의 뒷면에 넓은 꽃밭이 펼쳐져 있었다. 넓은 꽃밭에 푸른 꽃, 하얀 꽃, 붉은 꽃, 검은 꽃, 누른 꽃이 피어 있었다. 새 삼신이 키우는 꽃들이었다. 여자는 꽃밭을 바라보다가 책상에 엎드렸다. 하품이 나왔다. 조금만 자고 일어날 생각이었다.

꿈속에서 여자는 꽃밭에 서 있었다. 여자는 뺨을 간질이는 바람에서 꽃향기를 느끼고 행복했다. 소녀가 된 것 같았다. 여자는 두 손을 가슴 앞으로 모으고 속삭였다. "아이를 갖고 싶어. 일어나줘. 꽃들아." 너른 꽃밭에 피어 있는 푸른 꽃, 하얀 꽃, 붉은 꽃, 검은 꽃, 누른 꽃이 잠잠했다. 어떤 움직임도 없었다. 여자가 간절한 마음을 담아 다시 말했다. "용감한 아기든, 슬기로운 아기든, 복 많은 아기든, 수명이 긴 아기든, 예쁜 아기든, 상관없어. 일어나줘!" 하지만 꽃들은 여전히 꿈쩍도 하지 않았다. 미동도 없었다. 여자는 화가 나서 소리를 질렀다. "일어나! 일어나라고!"

엄마! 엄마! 잠에서 깬 아이가 여자를 불렀다. 여자는 허리를 펴며 손으로 눈을 문질렀다. 아이가 엄마 괜찮아? 하고 묻더니 문으로 달려갔다. 드라마! 드라마 시작했어? 아이가 문을 열자 스포츠 뉴스의 우렁찬 엔딩곡이 밀려들어왔다. 남자가 드라마 아직 안 해, 걱정하지 마, 하고 말하며 아이 방으로 들어왔다. 남자는 아이의 침대 모서리에 걸터앉아 바닥을 내려다보았다. 여자가 물었다. 당신 에어컨 껐어? 남자가 고개를 끄덕이며 말했다. 당신 빨래 좀 그만해. 여자가 눈물을 닦으며 중얼거렸다. 악취 때문이야. 악취 때문이라고. 남자가 고개를 들어 천장을 노려보며 말했다. 냄새는 문제가 아니야. 저 소리를 어떻게 해야겠어.

* 서정오, 《우리가 정말 알아야 할 우리 신화》(현암사, 2005)를 참고했다.

재현된 여성과 여성적 실감 사이

박진(문학평론가)

김연희의 첫 작품집에서 제일 먼저 눈길을 끄는 것은 '여성'들의 삶에 대한 작가의 각별한 관심이다. 여성 성장소설이라 부를 만한 표제작 「너의 봄은 맛있니」, 임신한 뒤로 사과만 먹어대는 여자가 주인공인 소설 「사과」, 상류층 여중생들을 '케어'하는 이상한 '알바'에 묶여 있는 여대생의 이야기인 「〔+김마리 and 도시〕」 등은 모두 여성 화자의 서술로 이루어져 있다. 이외에, 아이를 키우는 이혼녀의 고군분투를 흡혈귀 이야기와 엮어놓은 「트란실바니아에서 온 사람」, 주말마다 예식장을 돌며 훔친 축의금으로 명품을 쇼핑하는 여자가 등장하는 「아 유 오케이?」, 쌍둥이 엄마의 정신없는 일상과 그 속에 잠복된 또 다른 욕망을 그린 「블루 테일」 등은 인물 화자가 나오지는 않지만 여성 인물의 관점에 밀착하여 서술된 소설들이다. 또 「서천꽃밭 꽃들에게」에서는 초점 인물이 교체되지만 작은아이를 잃은 '여자'의 신경증적인 모습이 도드라져 보인다. 그래서 김연희 소설을 읽는 독자는 자연스레 여성이 재현되는 방식 또는 여성 스스로 여성의 삶을 재현하는 방식에 주의를 기울이게 된다.

「트란실바니아에서 온 사람」부터 살펴보자. '여자'는 세무사 사무실에 다니며 혼자 아이를 키우는 이혼녀다. 아침마다 아이를 유치원에 보내놓고 출근하고, 아이 혼자 건널목 두 개를 건너 하원하는 데 대한 불안감 속에서 일을 해야 하는 여자의 일상은 이미 하루하루가 전쟁이다. 유치원 방학과 세무 신고 기간이 겹쳐 며칠간 친정어머니의 도움을 받고 있지만, 마음은 오히려 더 불편하다. 친정어머니는 아이를 맡길 때마다 하소연과 잔소리를 늘어놓으며, 아이를 제 아버지에게 보내고서 재혼하라고 다그친다(친정어머니는 집 장사로 돈을 번 나이 든 남자 하 사장과 딸을 결혼시키고 싶어 한다). 하지만 전남편은 이미 재혼을 한 데다가, 아이를 자기가 키워야 한다면 고아원에 보내버리겠다는 생각을 가진 남자다. 그는 대기업 사주의 먼 친척으로 평생 자기 손으로 돈을 벌어본 적이 없으며, "자신과 쏙 빼닮은 사내아이가 태어"난 뒤 "아이를 괴물 보듯"(47~48쪽) 하고 여자에게도 냉담해졌다. 반면에 시어머니는 손자에게 집착하여 아이를 데려오지 않는다고 아들의 신용카드를 정지시킨 상태다. 전남편과 그의 부인(이혼 전에 '세컨드'였던)은 아이를 데려가지 않는 조건으로 자기들이 살 아파트를 구할 돈(여자가 위자료로 받은 아파트를 담보로 대출 받은 2억 원)을 이미 여자에게 받아간 뒤인데, 전남편은 또다시 전화를 걸어 돈을 빌려달라고 요구한다.

여자의 고난은 이쯤에서 끝나지 않는다. 아이를 맡기러 간 어느 아침에 친정어머니는 무슨 생각에선지 문을 열어주지 않는다. 여자는 커다란 검은 개들을 키우는 이웃여자 '(Q)'〔동네 여자들 사이에서 흡혈귀라는 소문이 돌지만, 아이는 (Q)와 그녀의 개를 무척 좋아한다〕의 집에 아이를 데려다주고 전남편에게 돈을 부친 뒤 뒤늦게 출근하는데, 세무사를 따라 사무실에 온 그의 '세컨드'가 여자를 '자르라고' 했다는 말을 듣게 된다. 아이에게로 발길을 돌린 여자에게 친정어머니는 전화로 "아이는 시댁에 데려다주었다. 너는 하 사장과 재혼해라"라는 통보를 하고, 연이어 걸려온 전화에서 하 사장은 "나에게 시집와서 아이를 낳아. 그러면 되잖아"(54쪽)라고 말한다. 아이를 돌려달라고 말하기 위해 전남편에게 전화를 걸자 그는 자기가 아이를 키우기로 했으니 받은 돈을 모두 돌려주겠다고 하면서 "당신 어머니가 우리 어머니에게 돈도 많으면서 아이를 너에게 맡겼다고 화를 내셨대. (……) 당신 어머니가 너는 더 부잣집으로 시집갈 거라고 큰소리를 치셨대. (……) 소송을 해야 할 거야"(54~55쪽)라는 말을 전한다.

여자의 상황은 그야말로 사면초가다. 전남편이든 하 사장이든 남자들은 이기적이고 몰염치하며, 친정어머니와 시어머니와 '세컨드' 같은 다른 여자들은 그녀에게 더 지독하고 교활한 적일 뿐이다. 여자가 처한 끔찍한 상황과 그녀가 느꼈을 절망적이고 참혹한 심정은 '흡혈귀'인 (Q)의 집 쪽으로 간신히 걸음을 옮기며 "거기서 목을 길게 내밀어 (Q)와 같이 되어야 했다. 그 방법밖에 없었다"(55쪽)고 되뇌는 여자의 마지막 말에 공감하게 만드는 지점이 있다. 소설 속 여자의 삶이 어느 정도의 리얼리티를 지닌다면(리얼리티란 현실 그 자체가 아니라 현실적이라고 느껴지는 것과의 일치에서 나온다), 이 사회에서 홀로 아이를 키우는 이혼녀의 삶이 왜 이 지경으로 불행하고 고통스러워야 하는지에 대해 진지하게 생각해보는 계기를 마련해줄 수 있으며, 이것만으로도 이 소설은 일단 의미가 있을 것이다.

하지만 리얼리티의 층위와는 별개로, 여성의 삶을 재현하는 이 같은 방식과 관점에 대해서는 다른 질문을 던져볼 수 있지 않을까? 왜 '여자'는 다만 선량한 희생자 또는 무고한 수난자로 형상화되는가, 친정과 시집을 막론하고 그녀의 가족들은 왜 하나같이 폭력적인 몰이해로 여자를 괴롭히는 가해자로 그려지는가, 하는 질문들이 그것이다. 여기에는 사회의 통념이나 이데올로기뿐 아니라 재현의 이데올로기가 개입할 수 있기에, 이 같은 재현의 영향력과 그 문화정치적 의미에 대해서는 더 깊이 고민해볼 필요가 있다. 여성을 재현하는 김연희 소설의 관점에는 어쩌면 사회학적 분

석과 더불어 심리학적 접근이 필요할지도 모른다.

실제로 이 소설집에서 여성의 실존은 '결혼-임신-출산-육아'의 굴레(또는 이를 강요하거나 절대시하는 가족의 굴레)에 단단히 묶여 있는 모습으로 나타나는데, 그 밑바탕에는 임신과 출산에 대한 공포 어린 혐오감이 버티고 있는 것처럼 보인다. 「트란실바니아에서 온 사람」에서 (Q)는 흡혈귀가 되기 전에 "종갓집 남자와 결혼하기로 되어 있었"고, 결혼을 하면 "아이를 낳고, 낳고, 또 낳아야 했"(48쪽)다. 그 '끔찍한' 세계에서 도망친 결과 (Q)는 모두가 피하고 백안시하는 불길한 타자, '흡혈귀'로 취급당하게 된 것이다. 한편 여자는 어느 날 출근길에 정육점 여자의 '4대로 이루어진 한 가족'("얼마 남지 않은 머리카락을 쪽 진 친정어머니, 미미 정육점 여자, 정육점 여자의 아들, 아기를 업은 며느리"로 이루어진)을 본 뒤, "아이가 자라서 아이를 낳고, 그 아이가 자라서 또 아이를 낳는 꿈"(37쪽)을 꾼 적이 있다. 이렇게 보면 흡혈귀 (Q)는 여자가 동경하나 선뜻 선택하기 어려운 삶의 방식, 곧 결혼도 임신도 출산도 하지 않는 '이질적인 여성'의 삶을 상징하는 것으로 해석될 수 있다. 이 소설에는 비난과 편견을 무릅쓰고 (Q)로 상징된 삶으로 들어서지 않는 한, 여성은 필연적으로 억압과 구속의 숙명에서 벗어날 수 없다는 생각이 투영되어 있는 듯하다.

사회적 재생산인 동시에 개체와 종족 번식의 수단인 임신-출산은 이렇듯 김연희 소설 전반에서 그 자체로 혐오스럽고 역겨운 무엇(아브젝트)으로 나타나는 경향이 있다. 「사과」에서도 임신 후 사과를 게걸스럽게 먹어치우는 '나'의 모습은 다소 희화적으로 또는 그로테스크하게 묘사된다. '나'는 "사과를 향한" "폭발적인 식욕"(84쪽)을 제어하지 못하여 "이대로 있다가는 미친 여자처럼 침을 질질 흘리며 판매점 안으로 뛰어들어가서 양손에 사과를 움켜쥐고 먹어치울 것만 같"(86쪽)다고 느끼며, "사과를 먹어서 기분이 좋아"(88쪽)진 뒤에는 운전 중인 남편에게 지나친 장난을 치다가 교통사고를 유발하기도 한다. 사과나무에서 직접 사과를 따 먹을 수 있다는 생각에 설레는 마음으로 과수원에 들어간 '나'가 "일부러 발육을 억제"한 "과수 재배용 사과나무"(95쪽)들을 보고 충격을 받는 장면은 무척이나 인상적이다.

굵은 가지마다 사과가 예닐곱 개씩 매달려 있었다. 사과의 무게 때문에 가지는 축 늘어져 있었다. 곁가지를 지탱하는 밑줄기는 금방이라도 옆으로 쓰러질 것 같았다. 그 때문에 부목이 덧대어져 있었다. 부목은 밑줄기를 떠받치고, 곁가지를 지탱해주었다. 부목이 없다면 사과나무는 사과의 무게로 폭삭 무너질 것이었다. (……)

『사과 견문록』에는 과수 재배용 사과나무의 경우 일부러 발육을 억제한다고 적혀 있었다. 나무 자체보다 사과에 영양을 공급하기 위해서였다. 하지만 그 내용이 이런 사과나무를 의미하는 것인 줄 몰랐다.

사과나무에는 이파리도 별로 없었다. 이파리도 거의 없이 사과만 매달린 가지에 시멘트 덩어리가 한두 개씩 걸려 있었다. 육면체 모양의 시멘트 덩어리가 크리스마스트리 장식물처럼 가지 끝에 매달려 있었다. (……) 시멘트 덩어리는 가지를 아래로 잡아당겼다. 그렇게 만들어진 가지와 가지 사이의 공간에서 사과가 영글고 있었다.

속이 뒤틀렸다. 이런 식으로 생산한 사과를 내가 그토록 열광하며 먹어왔다는 사실에 몸서리가 쳐졌다.

—「사과」, 95~96쪽

'나'는 "나무 자체보다 사과에 영양을 공급하기 위해" 기형적으로 재배되는 사과나무를 보고 "몸서리"를 친다. 이는 바로 그 사과나무에서 '나'가 임신한 여성에게 인위적으로 강요된 '기형성'을 보았기 때문이다. 속이 뒤틀려서 그대로 쪼그려 앉아 토악질을 해대는 '나'의 모습은, 자기 자신보다 배 속의 아이에게 영양을 공급하기 위해 신체도 욕구도 이질적으로 변형된 자신의 상황에 대한 격렬한 거부와 혐오를 표현하는 것으로 이해될 수 있다.

'나'의 이런 감정은, 남편의 고향 선배인 찬석 씨의 아내에게로도 전이된다. 찬석 씨와 스무 살 차이가 나는 베트남 신부인 그녀는 결혼식이 진행되는 내내 훌쩍거렸으며, "작년에 다섯째 아이를 낳았고, 다시 임신"(85쪽)했는데 올해 초에 남편을 교통사고로 잃게 되었다. 과수원 근처에 있는 집에서 만난 그녀는 등에 아이 하나를 업은 채로 칭얼거리는 갓난아기에게 젖을 물리려 애쓰면서 '나'에게 사과를 좀 가져다달라고 부탁한다.

> 베트남 여인은 내가 사과를 깎아서 내려놓으면 곧바로 입에 쑤셔 넣었다. 잠시도 쉬지 않고 입으로 사과가 들어갔다. 여인은 사과를 힘차게 씹었다. 목적지를 향해 거침없이 달려가는 기차처럼 맹렬하게 먹었다. 등에 아기를 업고, 만삭의 배 위로 젖을 물고 있는 아기를 감아 안고, 사과를 쉼 없이 집어 먹었다. 그 모습이 어쩐지 서커스처럼 보였다. 나는 서커스를 볼 때마다 신기하다기보다는 안쓰러웠다. 다 보고 나면 항상 마음이 무거웠다. 칭얼대던 아기는 젖을 문 채 잠이 들었다.
>
> —「사과」, 101~102쪽

아이를 안고 업고 배 속에까지 담은 채로 자기 아이들의 욕구에 철저히 종속된 베트남 여인의 모습은 지탱하기 벅찬 사과들을 주렁주렁 매달고 있는 사과나무의 모습과 하나로 겹친다. 한편 사과에 대한 그녀의 맹렬한 식욕은 임신 중인 '나'와 베트남 여인을 '같은 처지' 또는 같은 '운명'으로 묶어주는 매개로 작용한다. 임신과 출산의 굴레에 얽매인 자기 자신에 대한 '나'의 혐오와 거부감은 이 대목에서, 자신과 같은 처지 혹은 운명을 지닌 여성들 일반에 대한 '안쓰러움'의 감정으로 이행해간다.

여성의 삶의 조건을 생물학적인 여성성의 테두리 안에 가두고 이를 가부장적인 가족구조나 사회적 통념과 결부시키는 방식은 다소 진부하거나 협소한 관점으로 느껴지는 것이 사실이다. 이 같은 재현의 방식은 또한 여성(독자)들 각자가 능동적인 동일시 효과를 통해 자기 정체성을 만들어가고 자기 삶을 이끌어가는 문화정치적 가능성을 제한한다는 면에서도 한계를 지니고 있다. 그럼에도 나이나 상황 등이 각기 다른 여러 여성 인물들이 저마다 부딪히는 심리적이고 사회적인 곤경들을 묘사하면서, 그들을 구속하는 삶의 굴레를 지속적으로 소설화하는 김연희의 작업은 그녀만의 독특한 세계를 이루고 있다. 이는 특히 섬뜩함과 불안, 불길함과 기괴함 등을 서사화하는 김연희의 정교한 언어적 감각에서 나오는 것처럼 보인다. 이에 더하여 여성 인물들 사이의 직관적인 동질감과 연민이 부각된 김연희의 몇몇 소설들은 뜻밖에 다정하고 따뜻한 정서를 드리우기도 한다.

이런 측면을 가장 분명하게 보여주는 소설이 표제작인 「너의 봄은 맛있니」이다. 청춘의 방황과 쓰린 성장담의 성격을 띠는 이 소설은 여성 성장소설의 한 가능성을 보여준다는 점에서도 각별히 눈길을 끈다. 소설의 주인공인 두 여대생은 2000년대 학번으로 짐작되지만, 문화적 취향이나 감수성 면에서 세대를 뛰어넘어 폭넓은 공감을 불러일으킨다. CD플레이어와 MP3, 노트북 컴퓨터와

로터리식 TV가 공존하는 대학가 자취방은 특정 시대를 가리키기보다는 우리 모두의 '젊은 날'을 환기시키는 은유적 공간으로 다가오기도 한다. "봄의 맛"으로 표현된 "독초가 움트는 것처럼 쓰고 떫은맛"(29쪽)은 어느 세대에게나 각인된 청춘의 인상이라 부를 만하며, 그것이 실연의 아픔으로 구체화된 모습 또한 청춘소설의 보편적인 양상을 띤다. 그럼에도 이 소설이 독특하다면 그것은 두 주인공의 갈등과 모색에 새겨진 여성적 특성의 섬세하고 선명한 감촉 때문일 것이다.

'나'와 여경에게 자기 삶을 주체적으로 살아간다는 것은 여자들의 삶을 옭아매는 기존의 굴레들로부터 벗어나는 것을 의미한다. 그리고 이 과정은 그녀들이 남자친구와 결별하는 과정과 맞물려 있다. 입사식 또는 통과제의처럼 낙태수술을 경험하는 여경은 수술 직후 장 선배와 헤어지는데, 장 선배는 "임신했다고 말하면 결혼해야 하는 줄" 아는 "고지식한 사람"(19쪽)이다. 이런 일이 있기 전에도 그는 여경의 친구인 '나'에게 전화를 걸어 '여경이 유학을 갈지도 모른다고 말'하면서 유학을 "포기하도록 설득해달라고 부탁했"(19쪽)던 남자다. "임신해서 결혼하고 싶지 않"고 "준비되지 않은 상태에서 아기를 낳고 싶지"(24쪽) 않았던 여경은 장 선배와 상의도 없이 수술을 한 뒤 곧장 그에게 이 사실을 알린다. 그런 여경에게 장 선배는 '네가 무섭다'며 헤어지자고 말한다. 여경은 그와의 이별 자체를 원한 것이 아니었지만, 이 이별은 그녀가 자기 삶을 스스로 만들어가기 위해 피할 수 없는 일이었다고 말해야 한다.

한편 '나'는 사사건건 '처음'에 집착하는 도현에게 단호히 결별을 고한다. 도현은 '나'에게 그녀가 첫 키스 상대이자 "첫사랑 여자"(22쪽)임을 수시로 강조하고, 선물마다 '최초의'라는 수식어를 붙이곤 한다. 결정적으로 '나'는 도현이 선물한 박하사탕 유리병 속에서 그가 비닐에 싼 채 고이 넣어둔, 어릴 적 "최초의 머리카락과 손톱, 발톱"(23쪽)을 발견한다. "니가 죽어 땅에 묻힐 때 관에 넣고 싶"(23쪽)다는 쪽지와 함께. '나'는 "내 인생을 저당 잡힌 느낌"에 "숨이 막"혀서 "구역질"(23쪽)을 하며 이별을 결심한다. 여경이 그랬듯 '나' 역시 자기 인생의 주인이 되기 위한 모색의 과정에서 남자친구와의 이별을 통과해야 하는 것이다.

장 선배와 맞섬으로써 여경이 깨뜨리려 한 것이 '모성'에 대한 고정관념과 그로 인한 억압이었다면, 도현과 헤어짐으로써 '나'가 떨쳐내고 싶어 한 것은 아마 지긋지긋한 '순결 콤플렉스'였을 것이다. '나'에게 도현이 '첫 남자'는 아니었지만 '나'는 여전히 "배반의 역사"와도 같은 자신의 "첫 경험"(17쪽)에서 자유롭지 못하며, '처음'이 주는 중압감으로부터 벗어나려 애쓰고 있다. 이런 심리는 '흰색'에 대한 도현의 과도한 애착과, 이에 반발하듯 흰색을 강박적으로 회피하는 '나'의 모습에도 투영돼 있다. 흰색 옷만 선물하던 도현과 "흰색 옷을 입으면 행동이 조심스러워져서 싫"다는 이유로 "선물 받은 옷을 한 번도 입지 않"은 나, "나의 이불이 하얘서 내 방에서 자고 간다고 말할 정도로" 흰색 이불을 마음에 들어 해서 옷을 벗은 채 "하얀 이불로 몸을 둘둘 말"곤 하던 도현과 "그런 그를 볼 때마다 조금 외로웠었다"(26쪽)고 고백하는 나. 도현과의 이별은 '나'에게 있어 이 불편하고 꺼림칙한 '흰색'들로부터 스스로 자유로워지기 위한 시도라 할 수 있다.

> 도현이 뒤집어 들고 흔든 파인애플 상자에서 떨어진 박하사탕 유리병은 어떻게 되었을까. 멀쩡할까? 깨졌을까? 나는 유리병이 깨졌으면 좋겠다고 생각했다. 새하얀 박하사탕이 눈 녹은 길바닥에 흩어져 더럽혀지고 부서지기를 원했다. 갑자기 혀에서 독초가 움트는 것처럼 쓰고 떫은맛이 번졌다. 어쩌면 이게 봄의 맛인지도 몰랐다. 나는 그 쓰디쓴 맛을 기꺼이 삼키며 여경의 고모네 집으로 향하는 버스에 올랐다.
>
> —「너의 봄은 맛있니」, 29쪽

도현이 선물했던 "새하얀 박하사탕이 눈 녹은 길바닥에 흩어져 더럽혀지고 부서지기를 원"한다는 '나'의 말은 더 이상 '순결함 대 불결함' 또는 '온전함 대 훼손됨' 같은 경직된 틀로 스스로를 옥죄지 않겠다는 결연한 의지의 표현처럼 보인다.

「너의 봄은 맛있니」에서 김연희는 청춘의 방황과 성장의 시련이라는 보편적 주제 가운데서도 특히 여성 주인공들이 겪는 심리저 갈등을 섬세하게 그려낸다. 이 소설 역시 여성의 성장과 정체성에 대한 고민을 결국 임신공포증과 순결 콤플렉스 정도로 축소한 것은 아닌가, 하는 의문이 드는 것은 사실이다. 하지만 두 여주인공의 불안과 두려움이 소설적 실감을 지니고 있기에, 이 소설에서 독자는 여성의 삶에 대한 부인할 수 없는 진실과 가만히 대면할 수 있게 된다. 아직은 미숙하고 불안한 그녀들의 모색이 여성적 삶의 또 다른 가능성을 향한 조심스러운 기대로 열려 있다는 점도 이 소설이 지닌 소중한 미덕이다.

또 하나 이 소설에서 눈길을 끄는 것은 시골 조부모네 동네에서 친자매와 다름없이 자란 '나'와 여경 사이의, 자매애에 바탕을 둔 여성적 우정이다. '나'는 여경의 "통곡"(24쪽)을 들어주고 병원에서 그녀의 "보호자"(18쪽)가 되어주며, 도현의 "애처로운 눈길"(28쪽)을 뒤로한 채 이별한 친구를 위로하기 위해 발걸음을 재촉한다. 이들이 이렇듯 함께 있고 서로를 따뜻이 보살피는 한, 봄의 "그 쓰디쓴 맛을 기꺼이 삼키며"(29쪽) 좀더 성숙하고 자율적인 삶을 향해 걸어 나갈 수 있지 않을까. 「너의 봄은 맛있니」라는 이 소설의 제목은 어쩌면 세상의 더 많은 '자매'들에게 김연희가 묻는 다정하고 진심 어린 안부일지 모른다.

작가의 말

한참 소설에 빠져 있을 때, 내 정신이 어딘가 경계에 서 있는 것 같다는 생각을 했었다. 혹은, 낭떠러지에. 그리고 누구나 겪는다는 산후우울증이 좀 심하게 왔었다. 요즘은 아스팔트 위에 서 있는 게 숨이 막힌다. 같은 장소에 10년이나 살았는데, 부쩍 사방에 시멘트가 가득하고, 자동차가 너무 많다는 생각이 든다.

도대체 눈 둘 곳이 없다. 우연히 텔레비전을 치우게 되었지만, 포털의 뉴스까지 안 보고 살 수는 없는 노릇이다. 그래서 페이스북도 하고, 인스타그램도 한다. 자주 글을 올리지는 않지만, 하루에 두어 번 열어본다. 열어보지 않으면 궁금하고, 열어보면 가슴이 답답하다. 가슴을 쳐도 도무지 후련해지질 않는다.

그러다 어느 날 그 모든 의문이 풀리게 되었다. 선물로 받은 선인장 화분을 키우며 내 가슴에도 선인장이 자라고 있는지 모른다는 생각을 했다. 때로 깨달음은 외부에서 오기도 한다. 애써 평범함을 가장하며 사회에 나를 욱여넣었던 시간. 그건 지금도 마찬가지이다. 나는 늘 아무렇지 않은 척하며, 최선을 다한다. 하지만 소설에서는 나의 선인장을 공개할 수 있다. 공개해도 된다. 이제까지 소설은 나에게 그런 의미였다.

감사드리고 싶은 분들이 많다. 해설을 써준 박진 선생님, 자음과모음 편집부에 감사드린다. 그리고 부모님, 여동생, 다올, 시부모님, J, 은호에게 사랑을 보낸다. 나의 문우들—연빈, 지애, 정은 씨가 얼마나 소중한지. 모두에게 책을 드릴 수 있게 되어 다행이다.

올해 초 연희 문학 창작촌에서 지낸 시간은 나를 다시 작가로 설 수 있게 만들어주었다. 큰 힘이 되었다.

선인장은 척박한 환경에서 살아남기 위해 잎이 가시로 변했고, 줄기는 물로 가득 차 있다. 선인장은 뾰족뾰족한 가시를 지니고 있지만, 그건 강인한 생명력의 표시이다. 나는 내 소설의 주인공들에게서 선인장을 본다. 그리고 내 주위의 사람들에게서도.

앞으로는 그들의 선인장을 섬세하고 주의 깊게 바라볼 수 있으면 좋겠다. 내가 할 수 있는 일은 그들을 보듬어 안는 것이다. 내가 아프고 힘들더라도 보듬어 안으며 살아가고 싶다. 먼저 이 책을 집어 든 당신부터 두 팔로 힘껏 안아주고 싶다. 그 순간 선인장의 날카로운 가시가 조금이나마 무뎌지길.

2016년 가을

김연희

수록 작품 발표 지면

너의 봄은 맛있니 …… 문장웹진(2014년 3차 차세대예술인력 선정)

트란실바니아에서 온 사람 …… 문장웹진(2013년 1차 차세대예술인력 선정)

〔+김마리 and 도시〕 …… 문장웹진(2014년 1차 차세대예술인력 선정)

사과 …… 2009년 대산창작기금 수혜

아 유 오케이? …… 2009년 대산창작기금 수혜

블루 테일 …… 문장웹진 (2013년 3차 차세대예술인력 선정)

카프카 신드롬 …… 2009년 대산창작기금 수혜

서천꽃밭 꽃들에게 …… 2009년 대산창작기금 수혜